JN062340

悪役令嬢、熱血騎士に嫁ぐ。

浅見
Asami Presents

fairy kiss

この作品はフィクションです。
実際の人物・団体・事件などに一切関係ありません。

悪役令嬢、熱血騎士に嫁ぐ。

プロローグ

――嵌《は》められた。

そう気付いた時には、全てが遅かった。

フェリアが手に持つグラスの中身は、目の前でうずくまる女性の淡い水色のドレスを染め変えている。まるでフェリアがこの女性を跪《ひざまず》かせ、水をかけたかのように。

もちろんフェリアはそんなことをしていない。

彼女が「具合が悪い」と言うので、フェリアがテーブルにある水の入ったグラスを取って手渡そうとしたところで、突然手を振り払われたのだ。

「何をしているんだ、フェリア！」

何ごとかと周囲に人が集まってくるなか、少し向こうから聞き慣れた声がしてフェリアは振り返った。

「アルフレッド……」

青ざめた顔で駆け寄ってくるのは、フェリアの婚約者であるアルフレッド・ローディだ。

侯爵家の次男で、この国を支える近衛《このえ》騎士団の一人。

すらりとした長身に纏《まと》うのは騎士の儀礼服。銀色の髪と青い瞳が美しい、非常に整った顔の青年である。

「違います、これは……！」

フェリアは慌てて状況の説明をしようとしたが、アルフレッドはそれを無視してうずくまっている子爵令嬢――マーリィ・リールスの傍《そば》に跪いた。

「大丈夫ですか、マーリィ殿」

「は、はい。大丈夫です……」

マーリィが声を震わせ、弱々しくアルフレッドに寄りかかる。

その様子は、いままさに罠に嵌められたフェリアから見ても同情を誘う仕草だった。

マーリィはどこから見ても可憐《かれん》な女性だ。同年代の女性と比べても小さな体に、まっすぐな白銀色の髪と、薄い緑色の瞳。

容姿も整っているが、表情の弱々しさからか大輪の薔薇《ばら》というよりは、野に咲く名もなき一輪の花といった印象だ。けなげという言葉は、彼女のためにあるようにも思える。

対してフェリアといえば、人々から大輪の薔薇と称される容貌をしていた。

髪は誰もが息を呑《の》むような、鮮やかな金色。

まさに黄金色のその髪は華やかに波打ち、腰にまで流れている。

肌は白く、菫《すみれ》色の双眸《そうぼう》は瞬きをすればパチッと音が鳴りそうなほど大きい。ただその目が僅かだがつり上がっているのと、やたらと眼力が強いせいで、いかにも気が強そうに見えてしまう。派手な顔つきの、キツめの美人というのがフェリアの大体の第一印象だ。

今日は父から誕生祝いにとプレゼントされた、薔薇をモチーフに仕立てた真っ赤なドレスを纏っているので、余計にそう見えることだろう。

さらにフェリアは子供の頃から伯爵家の令嬢として厳しく躾《しつ》けられてきたこともあり、佇《たたず》まいもとても堂々としている。

立っているだけで威圧感を与えるフェリアと、この可憐なマーリィでは、男性がどちらの味方をしたくなるかは明白だった。

案の定、アルフレッドはマーリィの肩を両手で支えると、非難を込めた眼差《まなざ》しをフェリアへと向けた。

「……フェリア、君は今日がなんの場であるか分かっているのか？」

訊《たず》ねられて、フェリアはぐっと小さな手で拳を握った。

――もちろん、分かっているわ。

今日は国王の即位記念日を祝う舞踏会で、この王宮のホールには国中の貴族が集まっている。そしていま、その視線は全て自分たちに注がれていた。

今日この日の醜聞は、あっという間に国中に知れ渡ってしまうだろう。

――すぐに弁明をしなくては。

自分はマーリィに水をかけたりしていない。

そう弁明すべきだと分かっているのに、アルフレッドの顔を見ていると上手《うま》く言葉が出てこない。

『この場で反論すれば彼に迷惑をかけてしまうのではないか』なんてことが脳裏をよぎったせいだ。

だってフェリアは、彼を支えるためだけに生きてきたのだから。

躊躇《ためら》っている間にも、目の前の二人は勝手に盛り上がっていく。

「アルフレッドさま、もうおやめください。フェリアさまに恥をかかせては……」

「恥をかかされたのは君だろう、マーリィ……！」

アルフレッドが、力強くマーリィの肩を引き寄せる。

それを見たフェリアは、突き刺すような胸の痛みを感じて目を大きく開いた。

そうしないと泣いてしまいそうだったからだ。

『ほら、彼女があの噂《うわさ》の〝悪役令嬢〟の……』

『あの目をごらんなさい。視線で人を射殺《いころ》しそうよ』

周囲のひそひそと話す声が聞こえる。

〝悪役令嬢〟というのは、フェリアに最近つけられた渾名《あだな》だ。

巷《ちまた》で大人気の騎士と令嬢の恋愛小説。

切ない身分違いの恋が話題のその小説は、実はアルフレッドとマーリィのことをモデルにしているのではないかと、いま社交界ではもっぱらの噂だ。

小説の主人公である二人も、侯爵令息と子爵令嬢。お話の『ヒーロー』とアルフレッドは特に共通点が多く、髪色や目の色などの風貌も一致しているし、近衛騎士団の隊長を務めていることも同じ。何より彼らには同じく、子供の頃からの婚約者がいるのだ。

小説のなかの婚約者は悪役令嬢と呼ばれ、ヒロインに嫌がらせを繰り返す。

例えば人前で罵ったり、足を引っかけて転ばせようとしたり、事故に見せかけてドレスをダメにしたり。行為はだんだんとエスカレートして、ヒロインを階段から突き落としたり、悪い男たちに彼女を襲わせたりもしてしまう。

さらに悪役令嬢はヒーローの他に恋人を持っていて、貞節の欠片《かけら》もない。

使用を禁止されている媚薬《びやく》をこっそり手に入れたりもして、とにかくやりたい放題。

最終的には悪役令嬢は国外追放されてしまう――というオチだ。

その作中きっての嫌われ者に、フェリアがそっくりだというわけだ。

アルフレッドの婚約者という立場に加えて、風貌の特徴が同じで、彼女もフェリアも通称〝氷の薔薇〟と呼ばれている。

ツンケンと高飛車な態度を取る作中の『悪役令嬢』と違って、フェリアは単に緊張すると顔が強《こわ》ばるからそう呼ばれることもある、というだけなのだけれど。

そんなことを知らない人々は、フェリアのこともまた『悪役令嬢』扱いするようになった。

さらに最悪なのは、社交界でその小説が〝暴露本〟ではないかと言われ始めていることだ。

『やっぱり、あの小説に書かれていることは事実なのよ……』

ひそひそと話す声に、フェリアはきゅっと唇を横に結んだ。

小説のなかには、主人公二人以外のエピソードも出てくる。ヒロインがうっかり不倫の現場に出くわしてしまったり、貴族男性が従僕に暴力を振るう場面を見てしまったり。

作中でそんなトラブルを起こす人々にもモデルと思われる実在の人がいて、つい最近、それらの事件が現実に起こっていたとゴシップ記事になったのだ。

『あの本に書かれていることは全て真実だ』と面白おかしく噂を広めて回る者もいるようで、作中の『悪役令嬢』の行いを、フェリアが実際にマーリィにやったことだと信じている者も多い。

その最たる人間が、婚約者のアルフレッドだ。

彼はすっかり物語のヒーロー気取りで、マーリィに肩入れしている。

そして、明らかに心を奪われていた。

「フェリア……君がこれまでもマーリィに様々な嫌がらせをしていたことは聞いている。ぼくにはもう、これ以上君との婚約関係を続けることはできない。いまこの時をもって、君との婚約は破棄させてもらう！」

その瞬間、アルフレッドの背中に隠れたマーリィの口角がかすかに上がったことに気付いたのは、おそらくフェリアただ一人。

好奇、軽蔑、非難、様々な色を含んだ視線がフェリアを突き刺す。

何よりアルフレッドの言葉に衝撃を受けて、フェリアは全身を強ばらせた。

――婚約破棄……いま、この場で？

そんなことできるはずがない。自分たちの婚約は家同士が決めたことであって、当人同士が簡単にこの場で取りやめることができるものではない。

だからこれは衆目の前で宣言してしまえば、そうならざるを得ないだろうという意図をもってのものだ。

貴族の令嬢として、一人の女性として、これ以上屈辱的なことがあるだろうか。

フェリアは助けを求めて、周囲を見渡した。

――お父さまはどこ？

フェリアは今日、父と共に舞踏会に来ているが、先ほどから姿が見えない。

おそらく、誰かと仕事の話でもしに庭園に出ているのだろう。

――泣いてはいけない。

そう、泣いてたまるか。

フェリアは必死に口端に力を込めた。

好奇の目に晒《さら》されるなか惨めに泣くなど、フェリア・カーデインとしての矜持《きょうじ》が許さない。

それでも長年の婚約者の手酷《てひど》い裏切りと、衆目の前で恥をかかされた悔しさで菫色の瞳には涙が浮かんだ。

それが堪《こら》えきれずに一粒流れ落ちようとした時――。

「待て、アルフレッド！　お前それは良くないぞ！」

人垣をかき分けて、一人の男がこちらに進み出てきた。

人々の目が、一斉にそちらに集まる。フェリアはその隙に手の甲で涙を拭ってから、自身もまた男のほうに視線を向けた。

――あの方は……？

そこにいたのは騎士の儀礼服を纏った、燃えるような赤い髪をした男だった。服の上から見ても分かるほど鍛えられた体軀《たいく》をしており、かなり長身の類《たぐい》であるアルフレッドよりも、まだ拳一つ分背が高い。

褐色の瞳は鋭く、顔つきも精悍《せいかん》だが、飾り気のない表情のせいかどこか無骨な印象がある。

容姿から仕草まで、全て洗練された雰囲気のあるアルフレッドとはまさに正反対だった。

しかも……。

――片手に持っているのは、鶏の骨付き肉？

骨張った大きな手に握られているのは、どう見ても骨付き肉だ。

この場の空気にはもちろん、舞踏会に骨付き肉は不似合いすぎる。

舞踏会の後には、すぐ隣にあるホールで晩餐会《ばんさんかい》が行われる予定なので、おそらくそこから持ってきたのだろう。

「みんなの前でそんなことを言ったら、このご令嬢が気の毒だろう！　しかも、お前、この女性の婚約者なんだろう！　羨ましい！　婚約者にそんな恥をかかせるもんじゃないぞ！」

しーん、と。

それまでざわついていた会場が、一気に水を打ったように静まり返った。

突然現れた空気の読めない男に、誰もが言葉を失っている様子だ。

もちろんそれも永遠には続かず、少しするとまた誰かがひそひそと話し始めた。

『ねえ、あれって……』

『近衛騎士団の第五部隊の隊長、ヴィル・ハーバーよ』

『第五部隊って、あの出世できないって有名な……？』

『ヴィル・ハーバーってあの熱血の……？』

熱血？　とフェリアは思わず背後を振り返った。

だがそれが何かを確かめる間もなく、アルフレッドがうんざりしたように口を開いた。

「ヴィル、君には関係ない話だ、悪いが引っ込んでいてくれないか。あとその肉はなんだ」

「うむ、この肉は隣のホールから間違って持ってきてしまった。ほら、オレに舞踏会など場違いだろう！　なにせ踊ってくれる女性がいないからな！　それで先に晩餐会の会場に行って食事をいただいていたら、騒ぎが起こっているのに気付いてこちらに来たというわけだ！　ハッハッハッ！」

会話の様子からして、二人はそれなりに互いを知る仲であるらしい。

何がおかしいのか、大声で笑うヴィルにアルフレッドの頬が引きつった。

「なら、さっさと晩餐会に戻ってその鶏肉でも食べていてくれ。もう一度言うが、君には関係のない話だ」

「いや、関係ないことはない！　女性が泣いているじゃないか」

急に視線を向けられて、フェリアは慌てて姿勢を正した。

さりげなく指先で目元を拭ったが、そこにもう涙は残っていない。

「騎士たるもの、か弱い者が泣いていたならどんな時でも駆けつけ、助けるべきだ」

ヴィルはそう言うと、骨付き肉を持った拳で胸を叩《たた》き、褐色の瞳でまっすぐにフェリアを見つめ

た。

まるで裏表のない、親切心だけが溢《あふ》れるその表情に、追い詰められていたフェリアは思わず泣きそうになって顔をそらしてしまう。

すると、それを見たアルフレッドが「ふんっ」と馬鹿にしたような笑みを浮かべた。

「フェリアが泣く……？　ヴィル、君は彼女を知らないからそんなことを言えるんだ。彼女の渾名は悪役れ……いや氷の薔薇。気位が高く、気も強い女性だ。悲しいからと涙を流すような普通のか弱い女性とは違うんだよ」

単なる悪口である渾名を咳払《せきばら》いして言い換えてから、アルフレッドは〝か弱い〟女性であるマーリィに柔らかい眼差しを向けた。

「それに、もし涙を流すようなことがあったとしても、それはフェリアの自業自得だ。フェリアは公衆の面前でマーリィを辱めたのだから」

「辱めた？」

アルフレッドの言葉を聞いたヴィルが、凛々《りり》しい眉をひそめる。

フェリアは一瞬体を強ばらせたが、ヴィルは態度を変えることなく、骨付き肉を持った手を顎の下に添え首を傾《かし》げた。

「何を言っているんだ、アルフレッド。公衆の面前で女性を辱めているのはお前じゃないか」

「……は？」

「女性相手に怒鳴ったり、ましてや人前で婚約破棄なんてするもんじゃない。彼女が可哀想《かわいそう》だろう」

おそらく——ヴィルとアルフレッドは同じ騎士団の同僚で、立場はアルフレッドのほうが上なのだろう。アルフレッドは近衛騎士団第一部隊の隊長であり、次期団長はほぼ彼に内定していると聞いている。騎士団のなかで、アルフレッドより立場が上の人間といえば、それはもう現団長しかいない。

しかもヴィルは〝出世できないことで有名〟な第五部隊の隊長であるという。

明らかに格下であるヴィルに諭すように言われて、アルフレッドの額にくっきりとした青筋が浮かんだ。

「フェリアが、先にマーリィを辱めたからだ！　いいか、フェリアはマーリィを跪かせ、ドレスに水をかけたんだぞ！」

「……仮に彼女がそちらのご令嬢に水をかけたからといって、どうしてお前がこの女性を辱めていいことになるんだ？」

心底分からないという様子で首を傾げられ、アルフレッドがぐっと言葉を飲み込む。

円を描くようにして集まり、こちらを見つめる他の貴族たちの様子も少し変わってきていた。

〝悪役令嬢〟であるフェリアは当然、悪者に決まっている。

悪い人間はどんな酷い目にあってもいいし、面白がってもいい。

そんな空気が確かに流れていたのに、いまは僅かだがバツの悪そうな表情も見えた。

それはこの赤い髪の男性が、一切の空気を読まず、あまりに〝普通のこと〟を言うからに他ならない。

もはや、この場のヒロインであったはずのマーリィですら呆気《あっけ》に取られて目を丸くしている。

周囲が戸惑いを見せるなか、ヴィルはアルフレッドに歩み寄って跪き、その肩を叩いた。

「いいかアルフレッド。こういうことに後も先もない、人にやられて嫌なことをするもんじゃないぞ！」

「な？」と子供に言い聞かせるようにヴィルが言う。

アルフレッドの顔はすでに怒りで赤黒くなっていたが、ヴィルは気にせず彼の肩をぽんぽんと叩き続けた。

「ところで、アルフレッドの婚約者殿」

この場にいるほとんどの人間と同じように呆然《ぼうぜん》としていたフェリアは、呼びかけられて慌てて「はい」と答えた。

「あなたは、本当にこちらの女性に水をかけたのか？」

「……確かに、私の手に持っていたグラスの中身が彼女のドレスにかかりました。でもそれは彼女に手を振り払われたからであって、神に誓ってわざとではありません」

自分の口から自然と弁明の言葉が出たことに、フェリアは驚きを覚えた。

——彼のおかげだわ……。

アルフレッドのことなど考える余裕もないぐらい、ヴィルの言動が鮮烈だから。

「ほら、アルフレッド！　誤解だったようだぞ！」

ヴィルに笑いかけられて、アルフレッドは他にどう答えていいか分からないとばかりに「……ああ」と唸《うな》るような声を漏らした。

「良かったな、全くお前も、子供じゃないんだから恋人と喧嘩《けんか》した時はちゃんと話し合え！　こんなところで『婚約を破棄する！』なんて言ったら、取り返しがつかなくなるぞ！」

もちろんアルフレッドとしては〝取り返しがつかなく〟なりたくてした行為なわけで、それはこの場にいるヴィル以外の全ての人間は分かっているのだが、それを言い出せる人間は誰もいなかった。

「よし、喧嘩をした後は仲直りだ。来い、アルフレッド！」

ヴィルが彼の肩を抱いて立ち上がる。

アルフレッドと引き離されたマーリィが「あっ」と間の抜けた声を漏らしたが、ヴィルは気にも留めない。

彼はアルフレッドを引きずるようにしてフェリアの前に立つと、骨付き肉を持っていないほうの手をこちらに差し出した。

「ほら二人とも、仲直りの握手だ」

そう言われても、「はいそうですね」と握手できる気分ではお互いにない。

固まるフェリアとアルフレッドに、ヴィルは「全く」と仕方なさそうにため息をつき、無理やり二人の手を取って繋《つな》げた。

「謝るならいまだぞ、アルフレッド……！」

ヴィルがこそっと――というには大きな声でアルフレッドの耳元で囁《ささや》く。

明らかに周囲に響きわたる声量で、且つ、いま自らの行いを非難されたところであるせいかアルフレッドも無視できなかったようで、頬を引きつらせながら口を開いた。

「人前で、君を糾弾したのはやりすぎだった……。謝る」

「……い、いえ」

その時、「ぐすっ」と鼻水をすする音がした。

振り向くと、ヴィルが骨付き肉を持った手の甲で両目を覆い、天井を仰いで鼻をすすっている。

フェリアだけでなく、この場にいる誰もが同じことに驚いたはずだ。

——泣いてる……。

もはや何がなんだか分からなくなったところで、ヴィルが声を震わせた。

「仲直りというのは、良いものだな……！　オレはいま、猛烈に感動している……！」

フェリアはもう、驚きすぎて言葉を失っていたが——はっきりと分かることが一つだけあった。

——彼の周りだけ、なんだか……温度が違うような……。

もっと正確に言うなら、彼の周りだけ気温が高いような気がする。

フェリアはつい先ほどまで、まるで吹雪のなかにいるような冷たさを全身に感じていたというのに、いまはじっとりと汗ばむような暑ささえ感じていた。

——何なのかしら。

フェリアは信じられない気持ちで、目の前の熱い男性を見上げた。

いままさに無限の薪《まき》を消費して燃えているような赤い髪は、よく見ると寝癖がついている。手の甲で涙を拭い、再びこちらを見つめる褐色の瞳はまっすぐで、フェリアは思わず釘付《くぎづ》けになってしまった。

「二人とも、これからは仲良くするんだぞ！　雨降って地固まるだ！　これにて一件落着だな！　良かった良かった！」

死んだ目をしているアルフレッドと、菫色の瞳をまん丸にして言葉を失うフェリア。

ヴィルは摑《つか》んだままの二人の手を高く、高く掲げると、会場中に響き渡る声でそう宣言したのだった。

もちろん、一件落着はしなかった。

その後ヴィルが肉を食べに晩餐会に戻ってからは、また気まずい空気が流れ、アルフレッドはマーリィを連れて会場を離れてしまった。フェリアはヴィルに助けてもらった礼を言いに行こうとしたが、すぐに騒ぎを聞きつけて戻ってきた父に連れ出され、そのまま屋敷へ帰らされた。

フェリアとアルフレッドの関係が破綻していることは社交界に知れ渡り、翌日の新聞にも掲載され、両家共に、これ以上の婚約関係の継続は不可能だろうという決断に至ったのだった。

慰謝料やら何やらで揉めに揉《も》め、実際の婚約解消には三ヶ月ほどの時間がかかったが、フェリアとアルフレッドは他人に戻った。

新聞に掲載された記事にヴィルのことは一切書かれず、社交界におけるフェリアの〝悪役令嬢〟

扱いにも何も変化はなかったが――その赤い髪と情熱的な姿は、フェリアの脳裏に強く焼きついたのだった。

一章　熱血騎士との縁談。

フェリア・カーデインは、決まって朝日と共に目覚める。

それは、フェリアが六歳の時に母を亡くしてから続く習慣だった。

領地にあるカーデイン家の敷地には小さな礼拝堂があって、朝は必ずそこへ向かい、掃除と礼拝を行う。フェリアがけなげに信仰を捧げることで、母は安らかに眠れるのだと神父に教えてもらったからだ。

だが自身が敬虔《けいけん》たる神の信徒であるかといえば、そうではないとフェリアは知っていた。

そもそもフェリアは、神の存在をそれほど強く信じてはいない。

みんながいると言うから信じることにしているが、いなかったところで落胆することもないだろう。毎朝の日課も、母のために祈るのは〝良いこと〟だと思うから続けているだけだ。

いまにして思えば、フェリアにとっては〝愛〟もそういうものだった。

西に豊かな領地を持つカーデイン伯爵家の長女であるフェリアと、中央で強い発言力を持つローディ侯爵家の次男アルフレッドとの縁談は、互いの家のために生まれてすぐ組まれたものだった。

親同士が決めた婚約者ではあったが、フェリアは優しく紳士的なアルフレッドに好意を持っていたし、互いに良好な関係を築けていたと思う。それもフェリアの悪い評判が流れ始め、彼の傍にマーリィがぴったりと寄り添うようになるまでのことだが——。

フェリアはずっと、彼を愛することは〝良いこと〟だと信じていた。

しかし果たしてそれは、本当に愛と呼ぶべきものだったのだろうか。

もし——例えば、それが〝愛〟ではなかったとしても、アルフレッドと結婚をしていれば、フェリアはきっとそれを〝愛〟だとしただろう。彼を裏切らず、大切にしていたと思う。神をさほど信じていなくとも、母のために祈り続けたように。

そしてアルフレッドがそれでは満足できなかった気持ちも、いまのフェリアには分かるような気がした。

礼拝堂での祈りを終えて戻る道すがら、屋敷の外にある竈《かまど》で湯を沸かしているのを見て、フェリアは足を止めた。この辺りは標高が少し高いので、冬場の朝はとても寒く、拭き掃除やらをするのにこうして湯を沸かすのだ。

ぐつぐつと沸騰し、湯気を上げるその様を見て、フェリアは両手で胸を押さえた。

——ヴィルさま……。

制御しがたい胸の高鳴りを感じる。

心のなかでぱちぱちと弾《はじ》けるような感情をしばらく味わってから、フェリアは屋敷に戻った。

ちょうど朝食の準備をしているようで、厨房《ちゅうぼう》から忙しそうな声が聞こえてくる。

フェリアはいつもそうするように、部屋に戻る前にそちらへ顔を出した。

「おはよう、今日もよろしくお願いしますね」

「お嬢さま、おはようございます」

厨房にいる使用人たちに挨拶をすると、すぐににこやかな返事がくる。

フェリアは幼い頃に母を亡くし、彼らに親身になってもらった記憶があるので挨拶はかかさない。

それもあってか、使用人らとの仲はいまも良好だ。

時には自ら厨房に入って料理を手伝うこともあり、おかげで料理やお菓子を作るのは得意なほうである。

厨房では、ちょうど火を使って卵やベーコンを焼いているところだった。

じゅうじゅうとフライパンが音を上げる様子を見て、フェリアはまた胸を押さえた。

――ヴィルさま……。

心臓がドクドクと音を立てて、全身の体温が上がっていく。

フェリアは息を吐いてその熱を逃がしてから、自分の部屋に戻った。

礼拝堂の掃除がしやすいように一つに纏《まと》めていた髪を解いて、白い花模様のバレッタを鏡台の上に置く。バレッタ自体は子供の頃――五歳の誕生日に、当時十歳だったアルフレッドがくれたものだ。

バレッタの飾り部分は布で、元々は無地だったが、母はそこにフェリアの守り花である白百合《しらゆり》を刺繍《ししゅう》してくれた。カーデイン地方の風習で、生まれた月によって決まっている守り花を、身につけるものに刺繍すれば、持ち主を危険から遠ざけてくれるといわれている。

バレッタは、母がフェリアに施してくれた最後の守り花刺繡だった。

そのため、フェリアはいまでも礼拝堂で祈る時や、母に守って欲しいと思う時は、このバレッタを身につけるようにしていた。

アルフレッドとこうなったいま、複雑な思いがないではないが、フェリアにとっては彼より、母との思い出の品である。どうせ彼も、子供の頃の贈り物など覚えてはいないだろう。

「お嬢さま、紅茶をご用意しました」

その時、扉の向こうから侍女の声が聞こえ、返事をするとティーカートを押しながら部屋へ入ってきた。

朝食の前だが、日課を終えたフェリアに侍女はいつも紅茶を用意してくれる。

テーブルの上にティーカップが置かれ、熱い紅茶が注《つ》がれる。そこから浮かぶ白い湯気を見て、フェリアは頰に手を添えた。

——ヴィルさま……。

ぽーっと紅茶から浮かぶ湯気を見つめているうち、浮かんでくるのはやはりその名前。

例の舞踏会以来、炎はもちろん、湯気や焼かれているベーコン、果ては日差しを感じるだけでも、フェリアはヴィルのことを連想してしまうようになっていた。

——私を助けてくださった時のヴィルさまは……とても素敵だった。

アルフレッドに婚約破棄を言い渡されたあの時、周囲にいる人間はみな、フェリアの敵だった。

そんななか、颯爽《さっそう》と目の前に現れて自分を庇《かば》ってくれたヴィル。その堂々とした姿と、熱い振る舞いに、一瞬でフェリアの心は魅了されてしまった。

――これが、恋というものなの？

ヴィルのことを考えるだけで、胸が締めつけられるようになって、全身を巡る血が熱くなる気がする。このような感情はアルフレッドには感じたことがなかった。

けれど――フェリアは紅茶から上がる湯気を見つめ、ため息をついた。

「今日の午後には、お父さまがお屋敷に戻られるのよね」

ティーカップの取っ手を軽く指で撫《な》でながら、ぽつりと呟《つぶや》く。陰鬱な気持ちが声に滲《にじ》み出ていたのだろう、侍女は心配そうな様子で「はい、お嬢さま」と頷《うなず》いた。

フェリアの父は騒動の後もずっと王都にいて、まだ一度も領地に帰ってきていない。ローディ家との婚約解消にまつわる話し合いや、諸々《もろもろ》の後処理に追われていたためだ。

舞踏会で〝現場を見ていた親切な知人〟たちの話を聞いた父は、全て娘が悪かったのだと信じ込み、フェリアだけを先に領地へ帰したのだ。その時も厳しい口調で謹慎を命じただけで、フェリアの話など聞いてもくれなかった。

父は普段、決して短絡的な性格ではないし、フェリアのことも愛してくれている。

例の〝暴露本〟のことも鵜呑《うの》みにせず、噂の出所を探ってくれていた。

だが今回カーデイン家にとって重要な婚約がダメになったことで、頭に血が上ったのだろう。

謹慎の間、父から一度だけ手紙が届いた。

そこには怒りを抑えきれない筆跡で、『フェリアを修道院に入れるつもりである』ということが書かれていたのだった。

――修道院……。

また、ため息が零《こぼ》れた。

社交界であれだけの騒動を起こしたのだ。自分がもう、政治的に有力な相手に嫁ぐことはできないことは理解している。だが修道院――フェリアが人並みの結婚をすることすら許せないほど、父の怒りは大きいということだろうか。

脳裏をヴィルの姿がよぎる。彼のような人なら、もしかしたら〝悪役令嬢〟でもいいと言ってくれるかもしれないのに。そんな願望めいたことまで浮かんできて、フェリアは頭を振った。

ヴィルのように飛び抜けて格好良く、素敵な人が、わざわざ社交界で傷がついた令嬢を嫁に取る理由がない。

そう考えるとフェリアの胸は鉛を詰められたように重くなり、目にはじわりと涙が滲んだ。

フェリアの心は、もうどうしようもないほどヴィルに囚《とら》われている。

どうせ彼と結婚できないのなら、修道院に入るほうが自分にとってもいいのかもしれない。

――だけど、その前に一度でいい……彼に直接会って、庇ってもらったお礼を言いたい。

謹慎を命じられてから三ヶ月以上経《た》つが、フェリアは言いつけ通り一度も屋敷の敷地から出ていない。

手紙を出すことも禁じられていたので、まだ文章ですらお礼を伝えられていないのだ。

フェリアは父に、修道院に入る前に一度でいいから、ヴィルに直接会って感謝を伝える機会をもらうように頼むつもりだった。

――でも、聞き入れてくださるかしら。

父はとても怒っている。

久しぶりに顔を合わせるだけでも憂鬱なのに、頼みごとなんて本当にできるのだろうか。

フェリアは陰鬱な気持ちのまま、紅茶が冷めるまで湯気を見つめ続けていた。

どう話を切り出そうかと考えているうちに午後となり、父が領地へと帰ってきた。

門前で数人の使用人と共に馬車を出迎えたフェリアは、父が降りてくるなり頭を下げた。

「お帰りなさいませ、お父さま」

緊張でかすかに声が震える。

父には開口一番怒鳴られるか、それとも無視をされるか。

内心で身構えたが、返ってきたのは意外にも「うん」という覇気のない返事だった。

――どうされたのかしら。

肩透かしをくらって、ちらと視線を上げる。

父クラウス・カーディンは、壮年の紳士らしく口ひげを蓄えた痩身の男である。

フェリアの顔つきや瞳の色は母似だが、鮮やかな金色の髪は父譲りだ。

しかしその父の髪に、王都で別れた時より白いものが増えている。

目の下にもくっきりとしたクマがあり、やつれて見えた。

「あの……お父さま……」

父の体調が心配になってそう声をかける。

だが父は軽く手を挙げて言葉を遮ると、「後で書斎に来なさい」とだけ告げて屋敷に入っていった。

――あまり、怒っているという様子ではなかったわ……。

父の背中を見送りながら首を傾げる。

『修道院に入れる』と手紙で息巻いていた時とは随分様子が違う。

いったいどうしたのだろう。本当にどこか体が悪いのではないか。

フェリアは落ち着かない気持ちを持て余しつつも、長旅帰りの父が一息つく頃を待ってから書斎へと向かった。

父はすでにフェリアを待っていて、ソファで向かい合わせに座ると、なぜか頭を下げた。

「フェリア……申し訳なかった」

「お父さま？」

「アルフレッド・ローディとの婚約解消についてのことだ。あの舞踏会でのことを……人から話を聞いて、お前に非があるのだと信じ込んでしまった」

憔悴《しょうすい》した様子で言う父に、フェリアは「ああ……」と少々間の抜けた声を漏らした。

病気の告白でなくて良かったという安堵《あんど》と、父が分かってくれていたという嬉《うれ》しさで、すぐに言葉が出なかったのだ。

ほっと胸を撫で下ろすフェリアに、父はぽつりぽつりと事情を話し始めた。

「舞踏会の後、周囲にいた人間はみな揃《そろ》って、お前が罪のない令嬢に水をかけて辱めたのだと言った。それをアルフレッドは守ったのだと……私は頭に血が上っていて、お前の話を聞こうともしなかった。だがローディ家との婚約解消の話し合いを進めるうち、彼らの言い分があまりに自分勝手であることに不信感を抱いたのだ」

そこで父は、あらためて舞踏会にいた人間に話を聞いて回った。

「誰もがお前が悪かったと口を揃えるなか、私たちを不憫《ふびん》に思った知人が一人、ひそかに『その後』に起こったことを教えてくれた」

フェリアがその場でハッキリと「マーリィに水をかけたことは故意ではない」と否定したこと。

アルフレッドも己の非を認めて謝罪し、一度は和解したこと。

「ローディ家の者たちは、そんなことがあったとは私に一言も言わず、自分たちの都合の良いように話を進めようとした。そこでようやく、私は自分の疑念に確証を持ったのだ」

父はそこまで話すと、長い息を吐いて項垂《うなだ》れた。

「ローディ家は昨今力を増すばかりで、まさに飛ぶ鳥を落とす勢いだ。周りの貴族らも睨《にら》まれたくなくて黙っていたのだろう」

「本当にすまなかった」と謝る父に、フェリアはゆっくりと首を横に振った。

脳裏に浮かぶのは、やはりヴィルの顔だ。

——お父さまに分かっていただけたのは、ヴィルさまのおかげだわ。

知人はヴィルのことは重要ではないと判断したのか、父に話していないようだ。

だが、ヴィルがいたからこそフェリアは勇気を出して声を上げることができた。

その結果、父の誤解も解くことができたのだ。

――けれど、アルフレッドとの婚約がダメになったことは変わらない……。

彼との婚約は、カーデイン家にとって重大なものだった。

フェリアは、父がどれほどこの縁談に期待していたのかを知っていた。それがダメになり、とても冷静ではいられなかっただろうことも理解している。

アルフレッドと上手くやれなかったことを申し訳なく思うと同時に、胸には新たな不安が浮かんだ。

父はローディ家の言い分があまりに自分勝手だと怒っていた。もしや、とんでもない慰謝料を突きつけられているのではないだろうか。

「お父さま……ローディ家は、今回のことでカーデイン家に無茶な要求をしているのでしょうか？」

「ローディ家は慰謝料の要求と、お前を早々に別の誰かに嫁がせろと言ってきている」

「なぜです？」

意味が分からず声が上ずった。

「アルフレッドは新しい恋人と早く結婚をしたいのだろう。お前を捨ててすぐにそうしたというのではさすがに外聞が悪いから、先に片付けてしまおうということではないか。もらい手がないなら修道院にでも入れておけという言い草だ」

『悪役令嬢が反省をして修道院に入った』という筋書きの後なら、マーリィと結婚してもいいということだろうか。

あまりに勝手な言い分に思わず絶句する。

――だからお父さまは、私を修道院に入れると言ったのね……。

まだ頭に血が上っている時に要求され、勢いで手紙にしたためてしまったのだろう。

父は重いため息をついた。

「舞踏会以降、お前の悪評はさらに酷くなっている。王都ではゴシップ記事が出回って、それには今回の婚約破棄騒動をあの小説に絡め、あることないこと面白おかしく書かれていた。そのせいで一般市民にまで『フェリア・カーデインがあの小説の悪役令嬢である』と知れ渡ってしまっている」

そんな状況で、フェリアにまともな嫁入り先が見つかるはずがない。

フェリアはようやく、父が病気かと疑うほど憔悴していた理由に気付いた。

――まさか、ゴシップ記事にまでなっていただなんて……。

大切な婚約が破談になった上、娘は王都中に知れ渡る〝悪役令嬢〟になってしまった。父の心労はいかばかりであっただろうか。

しかもローディ家は権力者で、これ以上の不興を買えばカーデイン家もどうなるか分からない。

腹の底から悔しさが込み上げてきて、フェリアは膝の上で拳を握りしめた。

ローディ家の、ひいてはアルフレッドの振る舞いに――そして何より父への申し訳なさで、涙が溢れそうだった。

――もう、私にまともな結婚なんてできるはずがない。

悪評がある上に、フェリアは年も二十二歳。貴族令嬢の結婚適齢期は過ぎてしまっている。

それも、アルフレッドに何度も結婚の時期を引き延ばされたせいだ。

初めは近衛騎士団に抜擢《ばってき》され、仕事が忙しいという理由だった。隊長になるまでは待って欲しいと言われ、なってからも重要な任務がある、遠征があると引き延ばされ、ここ一年は明らかにマーリィとの間で天秤《てんびん》にかけられていた。

忙しいと言っていたのも、自由に遊びたかっただけだろうといまは思っている。

「私……修道院に入ります」

あまりに理不尽だが、それで父やカーデイン家が無事にすむのならと、フェリアは声を揺らして言った。

――どっちにせよ、ヴィルさまと結婚はできないんだもの。

それならば修道院で、ひそかに彼を想《おも》いながら生きていきたい。

だが父は静かに首を横に振った。

「まあ、最後まで聞きなさい……。ローディ家の言う通りにするのは腹立たしいが、もしもお前に良い縁談があるのならと、私も方々《ほうぼう》当たってはみたのだ」

「……お父さま、ですが私は」

「するとリリアンヌ夫人が、一人心当たりがあると紹介をしてくれた」

リリアンヌ夫人といえば、社交界では有名な仲人である。たしか腰を痛めたとかで、例の舞踏会には参加していなかった。

父はそこで席を立ち、書斎机に置いてあった書類を手に取って戻ってきた。

しかし、誰を紹介されてもフェリアの心は変わらない。

どう断ろうか思案していると、父があらためて口を開いた。

「相手は伯爵位を持つ立派な家の嫡男だ。ただ……うちが言えることでもないが、社交界での評判は良くない。お前に無理に嫁げというのではないのだ。気が乗らないのなら修道院に入るなどと言わず、噂が収まるまで領地でゆっくり過ごせばよい。ローディ家のことは私がなんとかする」

父の思いやりに、胸がじんと熱くなる。

フェリアもまずは話を聞こうという気持ちになって書類を受け取り——縁談相手の名前を見た瞬間、大きく目を見開いた。

——嘘《うそ》。

紙を持つ指先が震える。

驚きのあまり言葉を失うフェリアに、父が説明を続けた。

「相手は、近衛騎士団第五部隊隊長ヴィル・ハーバー。アルフレッドの同僚で、その熱すぎる性格から、世間では〝熱血騎士〟と呼ばれる男だ」


青い湖面に朝の日差しが反射して、きらきらと輝いている。

ヴィルはそれを正面から見つめ、手の甲で額の汗を拭った。

「うん、今日も朝からいい汗をかいたな！」

なだらかな丘陵の上に、両腕を直角に曲げたように建つ豪華絢爛《けんらん》な宮殿。

その腕のなかにはいくつもの花園や噴水が抱かれ、王国の繁栄を象徴するかのように華やかだ。

また宮殿の傍らには大きな湖があって、周辺は馬場や、騎士の訓練場となっている。

近衛騎士団第五部隊の訓練場もそこにあり、彼らの朝は、その湖の周囲を十周ほど走ることから始まるのだった。

「気持ちのいい朝でありますね！　隊長！」

「朝は走り込みに限りますね、隊長！」

「隊長！」

「隊長ォー！」

ヴィルに続いて走り込みを終えた第五部隊の騎士たちが、目をきらきらと輝かせながら集まってくる。

ヴィルは腰に手を当て、大きく笑って彼らを歓迎した。

「うん！　いいかお前たち！　いまは大きな争いがないとはいえ、我ら騎士は常に自らを鍛えることを怠ってはいかん！　我ら近衛騎士団こそが国防の要！　いつ、いかなる時も、全力で戦えるようにしておかねばならない！」

「うぉおおお！　隊長！」

「どこまでもついて参ります！　隊長！」

「ハッハッハッ！　よーし、もう一周走るか！」

燃え上がる部下たちを見て、ヴィルは気を良くしてそう言った。

ほとんどの隊員は再び「うぉおおお！」と雄叫《おたけ》びを上げてやる気を見せたが、少し遅れて走り込みを終えた一人が、それを聞いて大きなため息をついた。

「冗談じゃない……毎日毎日、こんなに走って何になるっていうんだよ」

うんざりとした声に視線を向けると、彼は両膝に手を突き、大きく肩で息をしながらこちらを睨みつけていた。

「なんだ！　どうした！」

「どうしたもこうしたも！　朝からもう一時間、ずーっと走り続けてるんですよ！　こんなことになんの意味があるんですか！」

「意味はあるぞ、走れば体力がつく！」

「体力ばっかりつけても意味がないって言ってるんですよ！　いまは戦時じゃないんですよ！　どこでそんな体力を使うことがあるっていうんだ！」

それなりに厳しい騎士の上下関係を無視したその物言いに、ヴィルを取り巻いていた第五部隊の副隊長トマスが眉をつり上げた。

「おい、ロイド！　隊長に向かってその口の利き方はなんだ！」

「知るか！　どうせオレたちは、ここに配属された時点で終わってるんだ！　もうどうでもいいよ！」

「何だと……！」

ロイドの言葉に、トマスが食ってかかる。

ヴィルはその肩を摑んで「やめておけ」と制止したが、ロイドの口は止まらない。

「他の隊を見てみろよ！　剣の練習をしているか、さっさと午前の訓練を終えて休憩に入っているかだ！　オレたちだけだぞ、朝から延々と走り続けてるのは！」

他の訓練場を指差しながら、ロイドが怒鳴る。

その時、ちょうど他の隊の騎士が数人近くを通りかかり、こちらを見て馬鹿にしたように笑った。

ロイドの顔が、怒りで赤黒くなる。

「この第五部隊が何と言われているか知ってるか⁉　熱血部隊！　左遷場所！　脳筋の集まりだ！　馬鹿にされてるんだよ！　配属されたが最後、絶対に出世はできない！　そういう場所なんだ、ここは！　馬鹿らしくて走ってなんかいられるか！」

自分で言っているうちにどんどん悔しくなってきたようで、ロイドは大きく地団駄を踏んだ。さて、なんと答えたものか――ヴィルは腕を組んで顎をさすった。

この第五部隊が何と呼ばれているか？

それはもちろん、ヴィルも知っている。

陰口だけでなく、ヴィルに直接言ってくる同僚は決して少なくないからだ。

『お前ら熱血部隊は出世に興味がないもんな』『オレたちまで汗くさくなるから、あまり近くで訓練しないでくれ』『ずっと走ってて、見ているだけでも疲れる』などなど……。

なかには第五部隊の手柄を、『お前らは出世に興味ないんだろ？』と堂々と横取りしようとする輩《やから》もいる。

しかし周囲に思われるほど、ここは悲観した場所ではないというのがヴィルの認識だった。

そもそも近衛騎士団という組織自体が、国王から直々に選ばれた、優秀な騎士のみで編成された集団なのだ。

王家を守護する近衛騎士団の総勢は約百名。第一から第五までの部隊に分かれていて、それぞれ二十名前後で編成されている。

有事の際には彼らが先頭に立ち、従騎士や一般兵を率いて戦うことになるが、平時はこの二十名ほどの部隊で訓練や見回りなどの仕事をこなしている。

また部隊にはそれぞれに役割というものがあり、例えば第一部隊は他の部隊の模範となって、どんな戦場であっても真っ先に切り込んでいくことが求められる。剣の腕が立つ者が配属され、近衛騎士団では花形と言える存在だった。

では第五部隊はといえば――ここは元々、戦時においてしんがりを務めるための部隊だった。

敵の追っ手を最後尾で食い止め、味方を、王国を守る最後の盾。

それこそが、この第五部隊に与えられた役割だ。

第五部隊が設立された当初から、この部隊には強く、勇敢で、屈強な騎士が選ばれて配属されてきた。

ヴィルもそうである。

ヴィルは十年前、十九歳で近衛騎士団に入団したが、持ち前の体格の良さと剣の強さ、そして熱い――強い忠誠心を買われてここに配属されたのである。

いまヴィルを慕ってくれている隊の仲間も大体はそうだ。

ただここ十年は大きな戦もなく、第五部隊が活躍するような場面がなかったのは事実である。

しかも数年前に団長になった男が、第一部隊とその隊長であるアルフレッドを贔屓《ひいき》し、第五部隊をあからさまに下に扱うようになった。

他の部隊で問題を起こした者、団長やアルフレッドの気分を害した者が次々と第五部隊に送られてくるようになり、気がつけば〝左遷場所〟として定着してしまったのである。

いま子供のように癇癪《かんしゃく》を起こしているロイドも、半月ほど前に団長の機嫌を損ねて第五部隊に送られてきた。他にここに〝左遷〟させられてきた騎士は、大体数日で近衛騎士団を辞してしまうので、ロイドはよく耐えているほうだとヴィルは評価している。

団長やアルフレッドの機嫌を取っていれば、近衛騎士団ではそれなりに居心地よくいられる。戦時でないいま、どんな仕事を与えられるかは全て彼らの胸三寸だ。

彼らに気に入られると、楽で褒美の良い仕事を回してもらえる。上手くやって爵位領地を王から賜った騎士もいれば、適当な栄誉職へ転身をした騎士もいる。

だがもし機嫌を損ねて第五部隊に配属されてしまえば最後、近衛騎士団での未来はないというのが、大方の見方なのだった。

――しかし……国家の危機というものは、いつ、いかなる時に来るか分からんものだ。

その時に第五部隊が本来の働きをできなければ、国家存亡の危機となりかねない。

別に出世などできなくとも、一人前の給金はもらえているし、年金もあるのだから生活には困らない。

ならば出世を考えるより、自らを鍛えて危機に備えたほうがよい。

ヴィルは誰になんと言われようと、馬鹿にされようと、自分たちの役割を貫くつもりだった。

やるべきことをしていれば、いずれ正当な評価が下るというのがヴィルの考えだ。

たとえそれがヴィルの代でなくとも――この第五部隊が本来の役割を果たす時は必ず来るはずなのだから。

その思いを人に話したところで『だから熱血部隊なんだよ』と言われてなかなか理解してもらえないが、幸い、昔からの仲間はヴィルを慕ってついてきてくれている。それで十分だ。

「……よし、走るか！」

「だから、走っても無駄だって言ってるんですよ！」

第五部隊の使命を思い出し、拳を空に突き上げて燃え上がるヴィルに、ロイドが声を荒らげた。

「大体いくら体力をつけたって、騎士は剣が使えないと意味がないでしょう！　この間だってヴィル隊長が、アルフレッド隊長との決闘でボロ負けしたところじゃないか！」

「お前なあ、あれは……！」

やけくそ気味に叫ぶロイドの胸ぐらを、トマスが前に出てきて掴んだ。

「おい、トマス。やめておけ」

「しかし、隊長！　あの時は……！」

「いい、オレが負けたのは本当のことだ」

ヴィルはトマスの肩を摑んで、ロイドから引き離した。

額に青筋を立てて激高するトマスを「まあまあ」と宥《なだ》めていると、少し向こうから聞き覚えのある声がした。

「やあ、ヴィル」

第一部隊の隊長アルフレッド・ローディだ。

通りすがりなのか、道沿いから勝ち誇ったような笑みを浮かべてこちらを見つめている。

「今日も走り込みか？　精が出るな」

彼の後ろには他にも第一部隊の騎士が数人いて、みな似たような表情を浮かべている。

ヴィルは腰に両手を当てると、大きく胸を張った。

「ああ、アルフレッド。有事に備えて体を鍛えるのが、オレたちの仕事だからな！」

ごく当たり前のことを言ったつもりだったが、彼らはそれを聞くと声を出して笑った。

「さすがは、熱血騎士さまだ」

「ご苦労なことですね」

アルフレッドの部下たちが顔を見合わせ、肩を竦《すく》める。

〝熱血騎士〟とは知らぬ間につけられたヴィルの渾名で、性格の熱さを揶揄《やゆ》したものらしい。

だが性格が熱いのは良いことだと思うので、ヴィルはあまり気にせずその呼称を受け入れていた。

「よかったらお前たちも一緒に走らないか！　体力がつくぞ！」

試しに誘ってみると、彼らは「まさか」と口を揃えた。

熱血部隊と一緒に走るだなんてあり得ないというのだろう。

うんざりとした表情のなかには嘲りも見える。

「ヴィル……君たちがずっと訓練していると、他の部隊が休憩を取りにくくなってしまう。ほどほどにしてくれよ」

アルフレッドが一歩前に出てきて、やれやれという表情でそう言った。

そのすらりとした立ち姿はいかにも洗練されていて、ヴィルは思わず感心してしまう。

自分をはじめ、この第五部隊に彼のような爽やかな騎士はいない。

ヴィルは軽い寝癖がついた赤髪を手で乱すと、「それもそうだな」と素直に頷いた。

「確かに、配慮が足りなかったようだ。もう少し目立たないところで走ることにしよう！」

「やっぱり走るのかよ！」と隣でロイドが叫ぶ。

「ハッハッ！　この後は、走りたい奴《やつ》だけついてくればいい」

そのやり取りを見たアルフレッドたちは、「付き合っていられないな」と肩を竦めて去っていった。

「あいつら……わざわざ絡みに来やがって！」

その背中を睨みつけて、トマスが地面を足で蹴りつける。

「アルフレッド隊長は、前に舞踏会でヴィル隊長に恥をかかされたこと、ずっと恨んでるんですよ！」

トマスが言っているのは、国王の即位記念日を祝う舞踏会でのことだろう。

ヴィルはその日、アルフレッドとその婚約者の喧嘩の仲裁に入った。

――あれからもう、三ヶ月余りか。

軽く目を細め、当時のことを思い出す。

騒動が起こった時、ヴィルは舞踏会のホールではなく、その隣にある晩餐会の会場にいた。最初は大人しく舞踏会に参加していたのだが、だんだんと一人で寂しく――いや、暇を持て余してしまい、立食用の料理を先にいただいていたのだ。

しかしすぐに舞踏会場が騒がしいのに気付いて、そちらへ戻った。

シャンデリアが照らしだす華やかなホールでは、それは美しい女性がアルフレッドに婚約破棄を言い渡されていた。

何が何やらさっぱり分からなかったが、彼女の大きな菫色の瞳から涙が零れそうになっているのは、はっきりと見えた。

ヴィルはとても視力が良い。

六キロ先にある林檎《りんご》の数が分かるぐらいには視力が良い。

だから会場にいる他の誰が気付かなくとも、ヴィルにだけは彼女の涙が見えたのだった。

「良かれと思って仲裁に入ったが……」

アルフレッドに恥をかかせる意図はなかったが、あの場は、誰かが令嬢を助けに入らなければならなかった。どんな事情があれ、大勢の前で辱めを受け、一人涙を流す女性を放っておくことはできない。少なくとも、それがヴィルの信じる正しさだ。

——あの場では見事に仲直りをして、オレは良かったと感動までしたんだがな……。

後々聞いた話によれば、結局あの二人は別れてしまったらしい。

しかも、アルフレッドのほうが頑《かたく》なに彼女との婚約を解消したがっていたのだという。

——分からん……アルフレッドは彼女の何が不満だったんだ。

元婚約者の姿を脳裏に思い浮かべて、首を捻《ひね》る。彼女はとても美しく、また凛《りん》とした人だった。

自分はきっと、一生をかけても、アルフレッドの気持ちを理解できないだろう。

「この間の決闘だってそうですよ……！」

「トマス、その話はもうやめておけと言っているだろう」

さらに文句を続けようとするトマスを、ヴィルは低い声で諫《いさ》めた。

ヴィルはつい先日、ちょっとした諍《いさか》いからアルフレッドに決闘を申し込まれ——呆気なく負けてしまった。

負けた理由について言い訳をしようと思えばできるが、それは騎士のやることではない。全身全霊で戦ったのだし、結果は受け入れるのみだ。

だがそれ以来、ただでさえ他の騎士から『熱い……』と疎まれがちだったヴィルは、加えて馬鹿にされるようになった。結果的に第五部隊の肩身まで狭くしてしまったことは、申し訳ないと思っている。

思わずため息をつきかけ、はっとそれを飲み込む。

騎士たるもの、己の未熟さに落ち込む暇があるなら、自らを鍛え上げるべきだ。

「よし、まだまだ走るぞ！　ついてきたい者だけついてこい！」

ヴィルが拳を空に突き上げると、部下からは「うぉおおお」という雄叫びと、げんなりとしたため息が交ざって聞こえた。


その後、日が暮れかかるまで訓練をしてから、ヴィルは王宮内にある騎士宿舎へと戻った。

すると若い従僕が一人、ヴィルを見つけて駆け寄ってくる。

「ヴィル隊長、お帰りなさいませ！　昼間にご実家から使いの方がいらっしゃいまして、『今日の訓練を終えたら、屋敷へ帰ってくるように』という伝言を承りました」

「屋敷へ？　そうか……理由は何か言っていたか？」

「いいえ、何も」

「そうか、分かった。ありがとう」

軽く顎をさすりながら、従僕に礼を告げる。

ハーバー家の本邸は領地にあるが、さすがに一日、二日で行き来できる距離ではないので、戻ってこいというのは王都にある屋敷のほうだろう。

従僕は「いえ！」と元気よく答えてから、首を傾げた。

「すぐにお屋敷に帰られますか？　馬車を手配いたします！」

「いや、馬車はいい。走って帰る」

「……え？」

なんでもないように答えるヴィルに、従僕が目を丸くした。

「しかし……あの、ハーバー家のお屋敷があるのって街中ですよね⁉」

「うん、走れば一時間ほどだ、問題ない」

「一時間⁉　丘を馬車で下るだけでも一時間はかかると思うのですが……」

「ハッハッ！　大丈夫だ、オレは鍛えているからな！　これも訓練だ！」

呆然とする従僕にそう言って部屋に戻り、最低限の荷物を袋に詰めて肩にかけると、ヴィルは宣言通り走って王宮を後にした。

王宮は丘の上にあるため、一般的には馬車を用いて麓に広がる街と行き来する。

寄り合い馬車もたくさん出ているので、自分の足を使うのはヴィルぐらいのものだろう。

走っている途中で数台馬車を追い抜いたが、みなギョッとした顔でヴィルを見ていく。

ヴィルは気にせず、街へと向かって走り続けた。

正面では、ちょうど赤い夕日が沈みかけている。

――しかし、話とはなんだろうな。

自分を呼んでいるのは、父か、母か。

どちらにせよ、ヴィルを呼び立てるなど滅多にないことだ。

というより、彼らが王都に来ていることがまず珍しい。

ハーバー家の領地はかなり地方にあり、両親は滅多にそこから出てこない。

ヴィルは今日、両親が王都に出てきていることすら知らなかった。

――病気や怪我《けが》なら、従僕の彼に手紙の一つでも言付けるだろうし、『訓練が終わってから』などと悠長なことも言わないだろう……。

ではいったいなんの話か。

ヴィルは少し考えてから、カッと目を剝《む》き、唇を一文字に結んだ。

――まさかっ！　縁談だろうかっ！

その可能性が脳裏をよぎっただけで、顔が沸騰したように真っ赤になる。

ヴィルは大きく首を横に振った。

そんなはずがない。

いまさら自分に、縁談など来るはずがない。

なぜならこのヴィル・ハーバー、二十九歳――びっくりするほどモテないのである。

――そうだ、オレに縁談など来るはずがない！　愚かな期待をするんじゃない！

顎を上げ、さらに走る速度を上げる。

赤い髪が向かい風になびくのを感じながら、ヴィルは握った拳を交互に空へ突き上げた。

これでもヴィルは、地方にそれなりの領地を持つ伯爵家の長男である。

その肩書きだけでも嫁が来てくれそうなもので、実際ヴィルが十代から二十代の前半頃までは、まあまあ縁談話もあった。

だが、みなヴィルの人となりを知ると『ちょっと、私には……』『近くにいるとのぼせる』と逃げていってしまう。ハーバー家も爵位こそ立派だが、社交界ではあまりパッとしないから、無理にでも結婚をという者はいなかった。

やがてヴィルの噂は社交界に出回って、そのうち全く話が来なくなってしまった。

それでも若い頃は『いつか良い人が見つかる』と思っていたし、舞踏会に行く時には出会いを期待し、ちょっと髪型を整えてみたりしていた。

しかし、いつまで経ってもヴィルはモテなかった。

女性の前に立つと緊張し、上がってしまうのもよくない。

会話をしているうちに顔が真っ赤になり、汗だくになって女性に引かれてしまう。

少しでも良く思われようと腕立て伏せをして筋力をアピールしたり、走って体力があるところを見せようとしたりもしたが、全て空回りに終わった。

ヴィルが努力し、頑張れば頑張るほど女性に嫌厭《けんえん》されてしまう。

近衛騎士団・第五部隊が〝出世できない〟と言われ始めてからは、あからさまに女性に避けられるようになった。

こちらから近寄ると迷惑がられ、恐《こわ》がられる。ヴィルの心はポッキリと折れてしまった。

性格がいくら熱かろうと、男心というものの繊細さだけは鍛えようがないのだ。

もちろん『貴族ならなんでもいい』という縁談ならあるが、結婚詐欺まがいの怪しい話や、明らかにヴィルを馬鹿にしているものは両親が断っている。

こんなに縁談が上手くいかない一人息子にも、両親は焦ることなく、

『無理に結婚して跡継ぎを作ろうなんて考えなくていい。爵位や領地は、誰か領民を大切にしてくれる方にお願いして継いでもらえばいいのだから』

『ちゃんと、ヴィルを愛してくれる女性と結婚して欲しい』

とヴィルの幸福を考えてくれている。

そんな両親だから、長男で、一人息子であるヴィルが騎士として働くこともあたたかく見守ってくれているのだ。

ヴィルはそれを、とてもありがたいと思っていた。

結婚できないのは仕方がない。

ヴィルはもう、この先は職務にひたすら邁進《まいしん》しようと決めていた。

余計なことは考えず、国家のために粉骨砕身するのみである。

ふと気がつけば、ヴィルは丘の中腹辺りまで走ってきていた。

丘の王宮に近い場所には外交機関や、位の高い貴族の屋敷、教会などの施設が建ち並び大層な感じがあるが、だんだんと街に近づくにつれ、ちょっとした広場や遊歩道多くなり、市民の姿も増えていく。

少し向こうの遊歩道にも寄り添って歩く男女の姿が見えて、ヴィルは思わず鼻をすすった。

いくら結婚を諦めようと、職務に邁進すると心に誓おうと、羨ましいものは羨ましいのである。

ヴィルは「うぉおお！」と一人雄叫びを上げた。

——本当は！　できるものなら、いまにでも結婚したい！

両手を強く振りかぶる。

――妻を持ちたい！　大事にしたい！

空を仰いで、口端を噛《か》み締めた。

別に、たくさんの女性に好かれたいなどとは思わない。

たった一人、〝この人〟という女性を愛し、また愛されてみたいだけなのだ。

――例えば……。

ふと脳裏に、アルフレッドの元婚約者の姿が浮かんだ。

美しい女性だった。

これまでに彼女を見た記憶がないのは、ここ数年、ヴィルが社交の場を避けるようになっていたからだろう。

一目見たなら、もう忘れるはずがない。

それほど彼女は美しかった。

細かく波打つ黄金色の髪に、意志の強さを感じる菫色の瞳――そう、あの瞳が印象的だった。凛とした佇まいに、矜持を保とうとするけなげな表情も。

ヴィルは一目で心を奪われた。

もちろんアルフレッドの婚約者であったので、すぐにその想いに蓋をしたが、二人が別れたと聞いてからは時々考えてしまう。

――例えば、彼女のような女性が妻になってくれたなら、どんなに幸せだろうか。

だがアルフレッドは、そんな彼女とのせっかくの婚約を破棄したのだという。

ヴィルには、全く信じられないことだった。

自分なら、きっと一生大切にするのに。

彼女と結婚できることに感謝して、一生大事に慈しむ。

彼女のためならどんな苦労も厭《いと》わず、何があっても命を懸けて守る。

「……はあ」

ヴィルはとうとう立ち止まり、ため息をついた。

いくら考えても無駄なことだ。

あんな可憐な女性が、自分のような無骨者に好かれたところで迷惑なだけだろう。

いいではないか。

ヴィルはそう自分に言い聞かせた。

結婚できなくとも、自分を大切に思ってくれる家族がいる。

健康な体があり、命を懸けられる仕事があり、ついてきてくれる部下がいる。

それだけで、十分に幸福であるはずだ。

「弛《たる》んでいるな……！」

ヴィルは両手で頬を挟むように叩くと、もう一度雄叫びを上げ、再び夕日に向かって走り始めたのだった。

その後、弛んだ自分を叱咤《しった》するためかなり遠回りしたので、屋敷が見えた頃にはすっかり日が暮れてしまっていた。空は暗く、星が光って見える。

「ああ……！　ヴィルさま、やっぱり走って帰っていらした！　お帰りなさいませ！」

「ヴィルさまが帰られた！　早く奥さまにお知らせを！」

屋敷の前の道には使用人たちが数人出ていて、ヴィルの姿を見るなり騒がしくし始めた。

「何だ、大層だな……何があったんだ」

額をしとどに流れる汗を肩にかけた布で拭いながら、ヴィルは訝《いぶか》しげにそう言った。

門前には見慣れぬ馬車も停《と》まっている。

――客だろうか？

馬車を横目に門をくぐったその時、屋敷の扉がバンッと大きく両側に開いた。

なかから飛び出してきたのは、ヴィルの母――サリー・ハーバーである。

赤い髪をきっちりと結い上げた上品な顔つきの女性で、褐色の双眸がヴィルとよく似ている。

いつもは動きやすい服装を好み、使用人と間違われることも多いが、いまはよそ行きのドレスを貴婦人らしく着こなしていた。

その母の顔が真っ青になっている。

「ヴィル……！　あ、あなたに、女性の客人が来ているわ……！」

母は、ヴィルの姿を目に映すなりそう言った。

ただごとでない様子に、ヴィルは思わず眉をひそめた。

「客人？　オレに？　誰ですか。というか、客が来ているならそう言付けてくれれば、まっすぐに帰ってきたのに……」

なんのことやらさっぱり分からず首を傾げると、サリーは「色々あったのよ！」と声を荒らげ、ヴィルに駆け寄ってきて腕を摑んだ。

「あなた、どうして今日に限ってこんな汗をかいているの！」

「何を！　オレはいつも汗をかいています！　それより客人とは……」

あらためて母に問いかけようとした時、屋敷のなかからふわりと良い香りがした。ヴィルは花の名前に詳しくないが、これはきっと、この世でもっとも美しい花からする香りだろうと感じた。華やかで、気品があり、どこか甘い。

「ヴィルさま」

凜とした声で呼ばれ、ハッと我に返って視線を向ける。

玄関ホールには、まさしく先ほどヴィルが思い出していた女性が立っていた。

「ご無沙汰しております。私のこと、覚えていらっしゃいますか？　即位記念日の舞踏会で助けていただいた、フェリア・カーデインと申します」

黄金色の髪の上部を軽く結い上げ、淡い黄色のドレスに身を包んだその格好は舞踏会の時とはまた少し印象が違っているが——見間違えるはずがない。忘れるはずがない。

フェリアは少し硬い表情をしていたが、ぱっちりとした大きな瞳にヴィルを映すと、薄《うっす》らと頰を染め、恥じらうように淑女の礼をした

「……ずっと、ヴィルさまにお会いしてお礼を申し上げたいと思っておりました。本当にありがとうございました」

可憐な声で告げられた言葉を理解をするのに、たっぷり数秒かけた。

「は⁉」

――あ、会いたかった？　オレに⁉

目を剝き、あ然と口を開く。

玄関ホールには、彼女の他にもヴィルの父と、フェリアと同じ髪色をした紳士が立っている。

紳士もまた、ヴィルを見て頭を下げた。

「初めまして。フェリアの父、クラウス・カーデインと申します。以前の舞踏会で娘を庇っていただいたこと、誠にありがとうございました」

ヴィルは驚きすぎて「あっ、いやいや、どうも……そんな、ご丁寧に」と頭を下げ返すことしかできなかった。とにかく、事態がさっぱり飲み込めない。

「息子も帰って参りましたので、よろしければ、もう少しなかでお話をしていかれませんか？　もちろん、このような時間ですから無理にとは申しませんが」

「よろしいのですか？　ご迷惑では……」

フェリアたちはちょうど帰るところだったようだ。

父親同士が「ああ、いやいや」「そんな」「そんなそんな」と遠慮のし合いを始めたのを見て、ヴィルはそっと母サリーの耳に顔を近づけた。

「これは、いったいどういうことですか？」

「……縁談よ」

「は？」

「ですから、あなたに縁談の話がきているの！」

ひそひそ声――というには大きすぎる声で話す二人に、周りの視線が集まる。

はっと口を閉じるサリーの隣で、ヴィルはごくりと生唾を飲み干した。

――縁談？　オレに？

それだけでもとても信じられない話だというのに、まさかその相手は……。

視線をフェリアへ向けると、じっとこちらを見つめる菫色の瞳と視線がぶつかった。

シュー ッと湯の沸く音が聞こえてきそうほど顔面が熱くなって、ヴィルは慌てて空を仰いだ。

――いやいや、早とちりは良くない！　まっ、まずは！　話を聞かねば！

フェリアたちは、ヴィルの父の説得を受けて一度客室に戻ることになった。

ヴィルも、母に背中を押されるようにして屋敷のなかへ入る。

「それにしても、そんな大事な用件で客人が来ているのに、どうしてオレに教えてくれなかったんですか」

歩きながら、再びこそっと母に訊ねる。

「私たちも、まさか本当に縁談だと思わなかったのよ……」

サリーは幽霊にでも会ったかのような表情でそう言うと、さっとヴィルの腕を引いて近くの無人の部屋に入った。

「フェリアさんが、元々ローディ侯爵家のご子息と婚約をされていたことは知っているのよね？」

舞踏会でヴィルが二人の仲裁に入ったことをサリーはすでに聞いているようで、軽く確認をしてから経緯を話し始めた。

「それでね、フェリアさん、ローディ家に婚約を解消された後、先方から早々に別の結婚相手を見つけるようにと言われたそうなの」

「……なぜです？」

「私も世間の噂には疎いのだけど……お二人が婚約解消したことはいま、社交界で一番の関心事だそうよ。ローディ家としてはフェリアさんに早く結婚してもらって、話題を終わらせたいのでしょう。先方にはすでに、新しい恋人もいるということだし」

ローディ家の勝手な言い分に、ヴィルは言葉を失った。

アルフレッドに新しい恋人がいるなら、噂を終わらせるためにまず自分が結婚すればいい。

だがそれでは自分たちの外聞が悪いというのだろう。

ヴィルには世間の噂など分からないし、二人の事情もほとんど知らない。

ただローディ家がフェリア一人を悪者にしておきたいのだろうと意図は汲《く》み取れた。

「それで、カーデイン伯爵が仲人に縁談の相談をしたところ、あなたを紹介されたらしいの。そうしたらフェリアさん、舞踏会でのことを覚えていたみたいで、ぜひあなたと結婚したいって……」

「フェリア殿が！　そ、そう言ったのですか？　オ、オレと!?」

アルフレッドへの怒りで「ふんふん」と鼻息荒く話を聞いていたヴィルは、そこで思わず声を荒らげた。

母に「いいから、まず聞いて」と窘《たしな》められ、慌てて頷く。

フェリアはヴィルとの結婚を望んだが、ハーバー家に歓迎してもらえるかは分からないと、カーデイン伯爵は思ったそうだ。娘の評判はあまりに悪く、人を間に挟むと断りづらいということもある。

そこでカーデイン伯爵は、まずヴィルの父であるハーバー伯爵宛に『直接会って、縁談を進めてよいか相談したい』という手紙を送ったのだという。

「ですから！　なぜそこでオレに教えてくださらなかったのです！」

「ですから！　まさか本当に縁談の話だと思わなかったのです！」

「どうして！　『縁談』と書いてあったのでしょう⁉」

「縁談と相手が言っているからといって、本当に縁談だとは限らないでしょう！」

意味が分からない。

ヴィルは思わず青ざめた。

息子があまりにモテないせいで、両親の疑心暗鬼が大変なことになっている。

「そういった経緯で、一度直接会ってお話をしようということになったのだけど……」

そこでもまだ、両親はヴィルに言わなかった。

勘違いでがっかりさせては可哀想だと思ったのだろう。

そして今日の昼間、カーデイン伯爵は娘を伴って現れた。

カーデイン伯爵はとても紳士的で、娘はあまりに美しかった。

二人と少し話をした両親は『もしかして、これは本当に縁談なのでは？』と慌てふためき、ようやくヴィルに連絡を取ることを決めたのだった。

「だから、そこでオレに早く帰ってこいと言ってくだされればよかったんです！」

「それは、カーデイン伯爵が『国家のため訓練に励んでおられる騎士に、このようなことで帰ってきていただくのは申し訳ない。今日はまずご両親とお話をさせていただこうと来たのだから、ヴィル殿は間に合えばでよい』と仰《おっしゃ》るから……」

両親も混乱していたので言われる通りにしたが、息子に知らせてもいなかったことが気まずくなり、とりあえず二人を夕食まで一緒にどうかと誘った。さすがに日が完全に暮れるまでには息子も帰ってくるだろうし、顔合わせぐらいはできると考えた。

しかし待てどくらせど息子は戻らず、ようやくと思えば、なんと汗だくで走って帰ってきたというわけだ。

『どうして今日に限ってこんな汗をかいているの！』

母の言葉を思い出し、自分の体を見下ろす。

格好は訓練を終えたそのままで、あちこちに泥が跳ねており綺麗《きれい》なところなど一つもない。全身は汗だくで、ところどころ、服が肌に張りついてしまっている。髪からも汗がしたたり落ちていて、逆立ちしても格好良いとはいえなかった。

人が騎士と聞いて想像する、アルフレッドのような冴《さ》え冴《ざ》えとした姿とはまるで違うだろう。

ヴィルは、母と顔を見合わせた。

終わった――。

ヴィルもこれまで、伊達《だて》にフラれ続けているわけではない。

貴族のご令嬢にこういった泥くさい姿を見せたら幻滅されると、経験上よく知っている。

「……ごめんなさい。そうよね、あなたは走って帰ってくるわよね。私たちが縁談を疑って信じなかったばかりに」

サリーはため息をつくようにそう言った。

ヴィルも落胆はしていたが――まあ仕方がないと母の肩を叩いた。

自分が何度も何度も縁談を破談にしてきたせいで、両親にそれだけ心配をかけてしまったということだ。

「とりあえず、これ以上カーデイン伯爵とフェリア殿をお待たせするわけにはいかない」

着替えたり、湯を浴びたりしている時間もない。

ヴィルは励ますように母の肩を抱き、客室へ向かった。

「いや、本当にお待たせしてしまったようで、申し訳ありませんでした」

カーデイン父娘《おやこ》はソファに並んで座り、向かいのヴィルの父と談笑していた。ヴィルは軽く頭を下げて、母と共に父の隣に座った。ソファはゆったりとした三人がけで、これでも余裕がある。

ヴィルはちらっと遠慮がちにフェリアを見つめた。

彼女はまっすぐに背筋を伸ばして座っている。

やはり表情は硬いが、凜としたその姿は大輪の花のように美しく、華やかで、ヴィルはごくりと喉を鳴らした。

まるで信じられない。

──彼女が、オレと結婚をしたいと……。

──それだけ、あの日庇ったことを感謝してくれているのか。

だとすれば、素直に嬉しいと思う。

結局アルフレッドとダメになったと聞いた時は、余計なことをしたかと少し悩んだ。そうでないと知れただけでも十分だ。

──きっと縁談は取りやめになるだろうが……。

騎士のイメージとはまるで違うヴィルの姿を見て、彼女はきっと幻滅したはず。

だが結婚したいからと自分を取り繕ったところで、いつかは必ずぼろが出る。走ることも、汗をかくこともやめられないのだから、それを理由にフラれるのは仕方がない。

ヴィルは自分にそう言い聞かせることで、なんとかため息を堪えた。

「あの……ヴィルさまは、いつも王宮から走ってお帰りになるのですか？」

そんな時、ちょうどフェリアが訊ねてきて、ヴィルは内心でしょんぼりとした。

ああ、やはりフラれるのだ。落ち込む自分を誤魔化したくて、上っ面に笑みを浮かべた。

「……ああ、はい！　やはり、騎士の仕事には体力が要りますから！」

「そうなのですね。王のため、国のため、民のため、そこまでご自身を鍛えていらっしゃるなんて。心から尊敬いたします」

「ああ、いや……、えっ⁉」

よどみない口調で言われ、ヴィルは目を瞬かせて彼女を二度見した。

フェリアは洗練された居住まいのまま、宝石のような瞳を輝かせている。

その表情に、嘘や世辞を言っている様子は一切ない。

ヴィルは目を剝き、唇を思い切りすぼませた。

――な、なんだこの胸の高鳴りは……！

思わず両手で自分の胸を押さえる。

心臓がはち切れそうだ。王宮まで一気に丘を駆け上がってもこれほど脈は上がらないだろう。

「あっ、その……！　いや、騎士たるもの、王のため、国家のために尽くすのは当然の責務でありますのでッ！　その！　褒められるほどのことではないと申し上げますかッ……！」

「ヴィル殿」

「ハイッ‼」

激しく動揺し、頭が沸騰しかけていたところに声をかけられて、ヴィルは勢いよくカーデイン伯爵に向き直った。

彼は、ヴィルと同じ空間にいるとは思えない深刻そうな表情を浮かべていた。

「本日は、以前の舞踏会の礼と、我が娘のフェリアを、ヴィル殿の妻にどうかというお話をさせていただきに参りました。これは娘たっての願いでもあります。娘は、どうも、庇っていただいた時のヴィル殿の姿を忘れられないようで……。ですがご存じの通り、娘はローディ侯爵家との縁談が破談になったばかり。ローディ家のアルフレッド殿といえば、ヴィル殿と同じ騎士団の同僚でもあります」

そこまで聞いたヴィルの頭のなかは『フェリアがヴィルの姿を忘れられなかった』ということで九割九分ほど埋まっていたが、残りの一分ほどのところでギリギリ、なんとか、アルフレッドの顔が浮かんできた。

フェリアとの婚約を、自ら望んで破棄したというアルフレッド。

彼女は、容姿が限りなく整っているだけではない。いまの暑苦しいヴィルを見て、『尊敬する』と言ってくれる心の優しい女性だ。

――やはりオレには奴の気持ちが分からんし、彼女はオレの姿が忘れられなかった……。

アルフレッドのことを考えていても、すぐに思考がそこへ返ってきてしまう。

脳内のアルフレッドの顔が〝へのへのもへじ〟にぼやけ始めて、ヴィルは慌てて頭を振った。

「また、娘はお世辞にも評判がいいとは言えず、年も二十二歳と未婚の令嬢としては若くありません」

彼女は二十二歳なのかと、ヴィルは膝の上で指先を突き合わせた。

確かに、未婚の令嬢としては気になる年齢なのかもしれないが、ヴィルから見れば十分すぎるほど若い。二十九歳のヴィルとも釣り合いが取れた年齢差だ。

「ねえ、あなた、ヴィルと、その、ちょうど良い年の頃よねえ」

「あっ、そう、そうだな。ちょうどいいと思うなあ」

そわそわとした様子で両親が話し出す。

二人は気が逸《はや》るあまり、ヴィルと同じように口がすぼんでしまっているが、カーディン伯爵のほうは相変わらず暗い様子だ。

「どうか、私が娘を押しつけようとしているのではないと分かっていただきたいのです。ただの迷惑だと断られるのも仕方のないこと。娘も、今日この場で断られれば、もう会う機会もないと思い今日一緒に来た次第です」

断る前提で話をされて、ハーバー一家は顔を見合わせた。

ヴィルに興味を持ち、さらにいまの格好を見ても引かないでくれている時点で、フェリアはハーバー家にとって女神にも等しい存在だ。

大体評判というなら、ヴィルのほうが散々だと思うのだが――彼らのほうこそ気にしないのだろうか。

ふと気になって視線を向けると、フェリアは父に勝るとも劣らぬ暗い表情を浮かべていた。

「フェリア殿は素晴らしい女性です！」

気がついた時には、ヴィルはそう叫んでいた。

床を蹴るようにしてソファから立ち上がる。

「オレは……！　あ、いや、私はッ！　フェリア殿ほど美しく、凛とした女性を知りません！　あのような、あっ、あのようなというのは、以前の舞踏会のことでありますがッ！　あのような場面であっても、フェリア殿は毅然《きぜん》としておられた！　まっすぐな目をしておられた！　我々騎士であっても、衆目の前で弾劾されれば怯《ひる》んでしまうものです！　それをうら若い女性の身で耐え、且つアルフレッドに立ち向かった！　他に、どこにそのような女性がいるというのか！」

話しているうちにどんどん興奮してきて、ヴィルはさらに声を張り上げた。

「オレは、あれから……ずっと思っておりましたッ！　フェリア殿を妻にもらう男こそがッ、つまり！　この世でもっとも幸せな男であるとッ！　フェリア殿のような女性が、もし、もしも……！　オレと結婚をしてくださったなら、どれほど幸せかと……！」

「ヴィルさま……っ」

震える声で、フェリアが自分の名を呼んだ。

それを聞いたヴィルは、もはやここがどこかも、相手が誰かも忘れ、鼻をすすって拳を天井に向かって突き上げた。

「フェリア殿の評判を、自分は存じ上げませんがッ！　どのような評判があっても関係ない！　元が誰の婚約者でも関係ない！　彼女と結婚ができる男は間違いなく、この世界で一番の幸せ者なのでありますッ！　ですからカーデイン伯爵――ッ！」

「あ、あっ、はい！」

すさまじい形相で名前を叫ばれ、カーデイン伯爵は思わずといった様子で立ち上がり、姿勢を正した。

「フェリア殿を『押しつける』など、たとえ謙遜でも言わないでいただきたい！　父親にそのように言われ、妻がいまどのような気持ちでいるか……！」

「ちょっとヴィル、ヴィル……まだ、まだよ。まだ結婚してないわ」

母がヴィルの腕を引いて諫める。

本当だ——色々と想像が膨らみすぎて、咄嗟《とっさ》に現実との境目が分からなくなってしまった。

しかも相手はフェリアの父親だ。

サーッと青ざめるヴィルを庇うように、父親が身を前に乗り出した。

「……申し訳ありません！　ちょっと、なんと申し上げますか、熱いところのある息子でして」

カーデイン伯爵に向けて両手を前に突き出し、「座ってください」と父が頭を下げる。

ヴィルも慌てて「失礼なことを！」と腰を折ったが、カーデイン伯爵はただ「面目ない」と言い、指で目尻を拭った。

「娘を、そのように言ってくださるとは……。フェリアがヴィル殿と結婚をしたいと言った気持ちが、私にもよく分かった気がします」

「お父さま……」

フェリアが感極まった様子で父の腕を摑む。

カーデイン伯爵は「うんうん」と頷きながら、目尻を拭った手で、そのまま額の汗を拭った。

「しかし、ちょっと部屋が暑いような」「汗が……」と呟くカーデイン伯爵をよそに、フェリアが菫色の瞳をヴィルに向けた。

「ありがとうございます……とても嬉しいです」

ここに来てずっと強ばっていたフェリアの顔に、初めて笑みが浮かんだ。

その瞬間、ぱっと世界が華やいだような気さえして、ヴィルは大きく目を瞬かせた。

両親も隣で息を呑んでおり、彼女に見蕩《みと》れているのが伝わってくる。

「あ、あっ、いえ……！」

彼女には、どうやら自分を石のように硬直させる力があるようだ。

固まって口ごもるヴィルの肩を、ぽんっと父が叩いた。

「カーデイン卿、こちらこそ今日は色々と失礼をしてしまい、本当に申し訳ありませんでした。こんな息子でありますが、フェリア殿がよろしいのであれば、ぜひ、前向きにお話をさせていただければと……そうだな？」

最後に一度ヴィルを見つめ、そう確認を取る。

曲がりなりにも貴族の家同士の婚姻だ。さすがにこの場ですぐの返事はできない。

ヴィルが小刻みに頷くと、カーデイン伯爵も「もちろんです、お前もいいな？」とフェリアを見つめる。

フェリアは大きな瞳いっぱいに涙を浮かべ、ハーバー一家に向けて頭を下げた。

「はい、ぜひ……よろしくお願いいたします」

その後、カーデイン父娘は「これ以上の長居は申し訳ない」と帰っていった。

屋敷の前で半ば呆然と彼らの馬車を見送った後、まず母が泣き崩れた。

「ヴィ、ヴィルと結婚したいと言ってくれる女性が現れるなんて……！」

父がその隣に跪き、肩を抱いた。

「しかも、こんな汗だくの姿を見ても『尊敬する』と……！」

二人はそのまま抱き合って、おいおいと泣き始めた。

「本当に縁談だったわねえ、あなた……！」

「ああ、それも良い縁談話だった……！」

両親の会話を聞くともなしに聞きながら、ヴィルはまだ夢を見ているような気持ちで、馬車が消えていった方向を見つめていた。

——フェリア殿……。

別れ際、彼女は馬車に乗り込む間も、名残を惜しむようにヴィルに感謝の言葉を告げていた。

ヴィルは彼女にどんな評判があるかは知らない。だがもし彼女を悪く言う噂があるのだとしたら、そんなものは間違いなく、全て嘘だと思う。

——彼女と……オレが、結婚できるかもしれない……？

想像すると、全身の血が顔に集まってくるような気がして、ヴィルは両手で挟むように頬を叩いた。

「もう一度……、走って参ります！」

特に意味はないが、走らねばならぬという気がした。

両親も「それがいいわ」「ぜひ、そうしなさい」と、混乱した様子で頷いている。

ヴィルは雄叫びを上げると、そのまま月夜のなかに駆け出した。

両腕を強く振り、膝を高く上げ、空を仰ぐ。

そこには冗談のように丸い月が輝いていて、中心にはフェリアの姿が見えるようだった。

ヴィルはその月を目がけていつまでも、いつまでも――結局明け方近くまで、一人走り続けた。


それは『暑苦しい』と揶揄されても、ただひたすら走り続けた〝熱血騎士〟ヴィル・ハーバーに、ようやく春が訪れた瞬間だった。

二章　熱血騎士、愛を叫ぶ。

「フェリアお嬢さま。また、ヴィルさまのことを考えていらっしゃるのですか？」

朝の紅茶をいれながら、侍女がフェリアにそう訊ねる。

テーブルに頬杖《ほおづえ》をついて湯気を見つめていたフェリアは、目を丸くして顔を上げた。

「……そんなに分かりやすかったかしら？」

「はい。いま湯気を見ながら『ヴィルさま』と呟いていらっしゃいましたよ。その前は太陽を見ながら呟いていらっしゃいました。目を悪くするので、日差しを直接見るのはおやめください」

ヴィルの名前を口にしていたのは無意識で、つい顔が赤くなる。

フェリアはほてる頬に手の甲を当て、「気をつけるわ」と頷いた。

紅茶の支度を終えた侍女が部屋を出ていくと、今度はティーカップに指先を添え、熱さを感じて頬を緩める。

あの見合いの日から、約ひと月――ヴィルとの縁談は順調に進んでいた。

正式な婚約はまだだが、両家の親からは二人の良いタイミングでと言われている。

つまりヴィルのプロポーズ待ちだ。

フェリアは、数日前から王都にあるカーデイン邸に住まいを移していた。先日見合いをした後は、父がカーデイン領に仕事を残していたのもあって、フェリアたちはすぐに領地へ帰った。カーデイン領と王都の行き来は馬車で三日ほどかかるので、あれからまだヴィルと一度も顔を合わせていない。お互いに一度は婚約前に二人で会いたいという希望もあり、フェリアが王都に出てくることにしたのだ。ゴシップ記事が出て、王都に住む市民にまで自分の噂が広まっているということだったから不安もあったが、それよりヴィルに会いたいという気持ちが勝った。

──世間の噂も、身構えたほどのことはなかったけれど。

『フェリア・カーデイン』がいま話題の小説の悪役令嬢のモデルらしい──という噂が広まったところで、フェリアの顔まで知れ渡っているわけではないのだ。生活していて困るようなことは、いまのところ何もない。

──これなら、ヴィルさまと結婚しても王都で問題なく暮らせそう。

ヴィルは王宮に勤める騎士だから、結婚すればフェリアも王都に住むことになる。

悪評があるなかで少し不安もあったが、普通に暮らしていけそうだ。

──なんて……気が早いわよね。

浮かれている自分に気付いて、フェリアはくすっと笑みを零した。

ふっと窓へ視線を向ける。タウンハウスは白壁の二階建てで、周りには似たような貴族の邸宅がいくつも建ち並んでいる。ただ社交シーズンではないため鍵が閉まっているところも多く、少し閑散としていた。外に出ても知り合いから好奇な目を向けられることがないので、フェリアとしてはそのほうが落ち着く。

僅かに開いた隙間から風が入り、レースのカーテンを揺らしている。空は青く、暖かな日差しを見ているとヴィルを思い出して胸がきゅうとなった。

——ヴィルさまには、いつ会えるかしら。

フェリアが王都に滞在していることは伝えており、いまはヴィルの休日の都合がつくのを待っている段階だ。

席を立って、棚の上にある小箱を手にテーブルに戻ってくる。

百合の花が彫刻された愛らしいデザインのそれは、フェリアの宝箱だ。

カーデイン邸から持ってきたもので、なかには母の形見のバレッタと、数枚の手紙が入っている。

差出人は全てヴィル・ハーバー。会えないひと月の間、フェリアはヴィルと文通をしていた。

「ヴィルさま」

手紙を取り出して胸に抱きしめる。

それから会えない時間を慰めるように、一枚一枚、ゆっくりと読み返し始めた。

最初の一通は、先にフェリアがお礼をしたためて送った手紙への返事だった。

『フェリア殿！　丁寧な手紙を送ってくださりありがとう！　オレは初めて手紙というものを書きます！　失礼があれば教えていただきだい！　フェリア殿が結婚してもよいと言ってくださり、オレはいまも夢のなかにいるようです！』

それを書くのにペン先をいくつ無駄にしたのか、心配になるほどの筆圧だった。

次いで自分のした返事を頭に思い浮かべる。

『私もヴィルさまとの縁談が進み、とても嬉しく思っております。ご迷惑でなければ、次にお会いできる日まで、お手紙であなたのことを知りたいです。お仕事でない時間は何をして過ごしていらっしゃいますか？』

彼の返信は四日ほどで届いた。

『仕事をしていない時は、走りながら夜空の星を眺めたり、腕立て伏せをしながら花びらの枚数を数えたり、腹筋をしながら風を感じたりしています！』

内容は熱さと爽やかさが混ざり合い、どことなく生温《なまぬる》い感じになっていた。

『ヴィルさまは自然を愛していらっしゃるのですね、とても素敵です。私も花が好きです。特に楚々《そそ》とした色合いの春の薔薇の鑑賞を好んでいます。ヴィルさまはどのような花がお好きですか？』

『オレも薔薇が好きです！　赤いですし、綺麗です！　薔薇を見ると、嗚呼《ああ》……オレは君を思い出す』

次にやり取りをした時には、質問への答えの語尾だけ急に詩的になっていた。

筆圧が異常に強く、しかも文面の最初のほうは元気な感じだけに、愛の詩というより、まるで軍歌の歌詞に見える。

そんな風に数度やり取りをするうちに、フェリアはなんとなくだが、彼が女性への手紙の書き方的な指南書を見ているのではないかと感じた。

どの手紙にも微妙に詩的な表現が混ざっていて、それがどれも慣れていない様子なのだ。

彼がそんな風に一所懸命に手紙を書いてくれるのだと想像すると、胸はあたたかいものでいっぱいになる。

彼からの手紙は、どれもフェリアの一生の宝物だ。

ただ、少し不安もあった。

――本当に……私でいいのかしら。

縁談を前向きに受け入れ、文通までしてくれているのだから、ヴィルがフェリアに好感を持っているのは間違いないだろう。

だが彼は見合いの時点で、フェリアの悪評のことをあまり知らないようだった。あらためて噂を聞いたり、ゴシップ記事を見て、フェリアに幻滅したりはしないだろうか。

――いいえ、ヴィルさまは噂を鵜呑みにしたりしないはず。

そう思うのに不安が消えないのは、アルフレッドのことがあったからだ。

アルフレッドも噂の出始めの頃は、フェリアに対して優しい言葉をかけていた。

『噂なんて気にしても仕方がないさ』『ぼくは気にしない』『話題に飽きたらみんなすぐに忘れるよ』と。

だがフェリアの悪評が広まるにつれ、アルフレッドは徐々に冷たくなり、やがて完全に噂のほうを信じるようになった。

――きっとヴィルさまは、そんな人ではない。

それは舞踏会での態度や、見合いの日の熱い言葉を思い出せば分かる。

けれどその信頼とは別のところで、心が揺れるのだ。

彼に惹《ひ》かれるほど不安になって、浮かれたり、憂鬱になったりする。

昼になると、ヴィルから新しく手紙が届いた。

『明日、午後から休みが取れました！　ぜひフェリア殿にお会いしたい！』

飛び上がりたい気持ちを堪えて手紙を開いたフェリアは、その内容に目を輝かせた。

午後の休みが取れると分かってすぐに書いたのだろう。慌てて書き殴ったような文字。便箋《びんせん》は筆圧でよれていて、ところどころペン先で穴が空いている。

早く会いたいという気持ちが文面から伝わってきて、その日を待ちわびていたのは自分だけではなかったと胸が高鳴った。

フェリアは文字を指でなぞると、笑みを零しながら何度も手紙を読み返した。


そして翌《あく》る日。

約束の時間にやってきたヴィルは、玄関先でフェリアを見るなり頭を下げ、両手に持った花束を差し出した。

「フェリア殿！　ど、どうぞこれを！」

フェリアは「まあ」と声を漏らした。

いまが季節の春薔薇だ。フェリアが手紙で好きと書いたから用意してくれたのだろう。

その美しさはもちろん、ヴィルの気持ちが嬉しくて、自然と胸がときめく。

「ありがとうございま……」

お礼を言い花束を受け取ろうと腕を伸ばしたところで、彼が籠を背負っていることに気付いた。

――……背負って？

農作業をする時に使うような、ヤナギで編んだ籠だ。

見ればその籠のなかにも、赤い薔薇が目一杯に入っている。

「……そちらの花は？」

「は！　フェリア殿に贈る薔薇を買いたいと店に寄ったのですが！　花束一つでは少ないと思い、ひとまず店にある薔薇を買い占め、他にも近隣の花屋を巡ってあるだけ買って参りました！」

「あるだけ？」

まさかと思って彼の背後を見ると台車があり、そこに花が入った籠がいくつも置かれている。

花が大量にある理由は分かったが、また新たな謎が生まれた。

「この台車はどうされたのですか？　馬車には載らなさそうですが……」

「は！　馬車に籠が載り切らず、もちろん台車も載りませんでしたので、自分が引いて参りました！」

「引いてきた？」

フェリアは思わず目を丸くした。

つまり馬車があるのにそれに乗らず、馬車の前だか横だか後ろだかを、一緒に走ってここまで来たということだろうか。

「はい！　引いて参りました！」

驚きのあまり一瞬言葉を失うフェリアに、ヴィルが勢いよく答えて頭を上げる。

彼の顔は、茹《ゆ》で上がったように真っ赤だった。

「よ、喜んでいただけただろうか？」

問いかける声も酷く強ばっている。

フェリアはそっと視線を彼の手元に落とした。とても力が入っているようで、手の甲には血管が浮き出し、花束の持ち手部分は潰れてしまっている。腕は僅かに震え、額には汗が浮かんでいた。

彼のような逞《たくま》しい人が、フェリアが喜んでくれるか、それだけのことにこれほど必死になり、緊張してくれているのだ。それに気付くと、フェリアの胸は信じられないぐらいに高鳴った。

ヴィルの声が大きいのもあり、使用人たちが大量の薔薇に気付いてざわついている。

フェリアは白い手袋を嵌めた手で花束を受け取ると、菫色の瞳を輝かせて微笑んだ。

「もちろんです、とても嬉しいわ。私のためにありがとうございます、ヴィルさま」

心からの言葉を伝えると、ヴィルがほっと胸を撫で下ろしたのが分かった。

フェリアを見つめ、嬉しそうに破顔して「良かった！」と頷く。

その後、花は使用人たちに任せ、フェリアはヴィルが併走してきた馬車に乗り込んだ。

ヴィルと向かい合わせに座ると、ゆっくり馬車が動き出す。

フェリアは恥じらって視線を床に落としていたが、少しするとそっと視線を上げ、うっとりとヴィルを見つめた。

午前中の仕事を終えてそのまま来たのだろう。髪型は前髪を申し訳程度に後ろに撫でつけているが、走ってきたせいでかなり乱れている。服装は訓練着をシャツだけ着替えてきましたという風で、ズボンは裾が少し汚れていた。

だがフェリアの視線が釘付けになったのは、服の上からでも分かる鍛えられた彼の体躯だった。腕まくりをしたところから見える、浮き出た力強い血管。

尻や太ももの辺りの筋肉のつき方。

——素敵……。

彼の汗がきらきらと輝き、周りに花が咲き乱れる幻覚まで見えた。

——私のほうは、少し気合いを入れすぎてしまったかしら。

フェリアは襟元にフリルをあしらった外行き用のドレスを着てきたが、もう少し気取らない服装のほうがよかったかもしれない。

「その……申し訳ない……」

「何がでしょうか？」

自身を省みていたところに謝られ、そう問い返す。

「いや……フェリア殿に薔薇を贈るのだということに頭がいっぱいで、このような格好で来てしまった……しかも走ってきてしまったので、馬車のなかが……あ、汗くさいのではないかと……。オレは本当に、女性のことになるとてんでダメで……」

フェリアは首を横に振った。

薔薇を積んでいたからか、むしろ馬車内は良い香りだ。

「そんなこと！　全く気になりませんでした！　薔薇を贈ってくださったことも、急いで会いに来てくださったことも。ヴィルさまのお気持ちが、私はとても嬉しいです」

返事をするとヴィルは顔を赤くして俯《うつむ》いてしまった。

「ありがとう！　そ、そんな風に言っていただいたのは、初めてです！」

フェリアもまた頬がほてるのを感じて、手の甲を当てて冷ました。

――ヴィルさまに嫌われていなかったわ。

悪評を知られてヴィルに嫌われたかもしれないと、うじうじしていた自分が馬鹿みたいだ。

抱えきれないほどの薔薇の花束と、フェリアへ向けられるまっすぐな好意。

彼が全力で愛情を伝えてくれるから、一緒にいると悩んでいたことすら忘れてしまう。

ほっとするとなんだか泣きたくなって、再び視線を床に落とした。

緊張するとつい顔が強ばってしまう癖が、ヴィルと一緒の時には出てこない。ヴィルの言動はいつもフェリアの想像の上をゆくから、緊張している暇がないのだ。フェリアには、それがとてもありがたかった。

その後、馬車は王宮の建つ丘を上がり、中腹にある広場で停まった。

見晴らし台と、石畳の遊歩道が整備された市民の憩いの場だ。

フェリアは馬車を降り、額に手をかざして西の空を見つめた。

「綺麗な夕日ですね」

「は！　その、女性に結婚を申し込む時は、景色の良い場所に限ると部下に言われ！　どこが良いかと色々調べてもみたのですが！　オレはやはり……この丘を下る時に見る夕日が、一番美しいと！」

結婚を申し込む——早口で言われた言葉にフェリアはハッとヴィルを見つめたが、彼は自分が口走ったことに気付いていないようだった。

ヴィルが右手と右足を一緒に出しながら、カクカクとした動きで見晴らし台へと向かう。

その後ろをついて歩くフェリアの心臓は、信じられないほど早鐘を打っていた。

——ここで、結婚を申し込まれるのだわ。

驚きはない。フェリアも期待をしていたのだ。もしかすると今日、彼に結婚を申し込まれるのではないかと。

だが実際にそうなると思うと、やはり緊張するし、ドキドキする。

「連れてきていただいて、嬉しいです……とても」

立ち止まったところで、フェリアは緊張に上ずる声でそう言った。

空には夕日、眼下には琥珀《こはく》色に染まる街並みがよく見える。

フェリアは深く息を吸ってから、隣に立つヴィルを見上げた。彼の顔は、茜空《あかねぞら》も驚くほど赤い。

視線が絡まると、ごくりと息を呑む音が聞こえた気がした。

「フェリア殿！」

「はい！」

「は、初めてお見かけした時から、素敵な女性だと思っておりました！　どうか、お、オレと……結婚……結婚を……」

フェリアは姿勢を正して期待する言葉を待ったが、ヴィルはなぜかそこで言葉を飲み込んだ。じっとこちらを見つめ、褐色の瞳を揺らしている。いったいどうしたのだろうか。少し考えて不安が胸をよぎった。脳裏にアルフレッドの婚約解消を言い渡された時のことが浮かんでくる。

『やはり君とは結婚できない』そんな言葉を想像して青ざめた時、ヴィルが意を決したように再び口を開いた。

「フェリア殿……本当に、オレでいいのだろうか？」

「……え？」

思いがけないことを言われ、フェリアは目を見開いた。

言われた言葉を理解できず、肩から力が抜けて、きょとんとしてしまう。

その表情を見たヴィルが一瞬息を呑み、ぼうっとフェリアを見つめる。だがすぐに首を横に振ると、ぐっと拳を握った。

「フェリア殿は素晴らしい女性です！　美しく！　凛としていて！　品があり！　華があり！　字も綺麗でありますし！　何より……優しい！　オレのような男が失礼な振る舞いをしても、フェリア殿は動じずに受け止めてくれる」

「……そんな、失礼など」

「フェリア殿ほどの女性なら、本来どんな男でも妻に欲しがるはずです！　もし、フェリア殿が本当は他の相手と結婚したいと望んでおられるなら……オレは、国中を走り回ってでも、フェリア殿の悪評とやらを払拭してみせます！」

そこまで言い切ると、ヴィルは一度大きく息を吐き、迷いが晴れたように顔に笑みを浮かべた。

「お任せください！　オレは声が大きいので！　誤解であったと叫んで回れば、きっと国中に届くはずであります！」

確かに、いまもヴィルの大声に行き交う人が何ごとかとチラチラこちらを見つめている。

フェリアは一瞬あ然としてから、彼の言葉を理解し、菫色の瞳に涙を浮かべた。

胸に色んな感情が込み上げてきて、言葉を探す唇が震える。

ヴィルはやはり、フェリアの想像を超える人だ。

フェリアが『噂を知って嫌われはしないか』と自分のことを考えている間、ヴィルはフェリアの噂を払うことを考えていてくれた。

彼を、物語のヒーローのようだと思った。

まっすぐで、優しく、熱い心を持っている。

「私は……」

フェリアはそっと、彼の腕に触れた。

逞しく鍛えられた硬さと、手のひらに伝わる熱に、胸が締めつけられる。

「私は……あなたがいい……」

褐色の瞳を見つめながら、フェリアは微笑んだ。

ヴィルは大きく目を見開いて、それから顔をくしゃくしゃにした。

腕で両目を覆い、俯いて肩を震わせる。

「オレは……騎士です！　死ぬ場所を選ぶことはできません！　だが……それでも、フェリア殿の隣で生きてもよいだろうか……！」

彼にしては小さな声だった。

フェリアは「もちろんです」と頷いた。

「私も、ヴィルさまの隣で生きていきたい」

そう告げると、ヴィルは袖で豪快に両目を拭った。

顔を——特に鼻を真っ赤にしたまま、首に手を当てて口を開く。

「お、オレのことはどうかヴィルと……そう呼んでください、フェリア殿！　ふ、ふ、夫婦になるのだから！」

「はい、ではどうか私のこともフェリアと。……ヴィル」

「フェリア！」

互いを呼び合うと目が合って、二人は同時に照れて笑みを浮かべた。

夕日が横顔を照らしている。

まぶしさを感じてフェリアは目を細めた。

拍子に一粒、瞳にためた涙が頰に落ちたのだった。

三章　熱血騎士、初陣に失敗する。

それからさらにひと月後。

短い婚約期間を経て、フェリアはハーバー家へと嫁ぐことになった。

王都にあるハーバー邸は、高級住宅街のなかでもとりわけ良い立地にある。

ハーバー家の数代前の当主が立てた功績の褒美として与えられたお屋敷らしく、カーデイン邸よりずっと大きい。端に円錐《えんすい》屋根の塔がついたレンガ造りの立派なお屋敷だ。

――緊張するわ……。

馬車が屋敷に近づくにつれ顔が強ばって、フェリアは両手で頬をほぐした。

プロポーズされてから、フェリアは結婚準備のため再び領地に帰ったので、ヴィルと会うのはひと月ぶり。彼の両親であるサリーとジョナサンとは見合いの日以来だ。

屋敷には使用人もいて、フェリアの悪い評判を知っている者もいるだろう。

考えれば考えるほど緊張するし、表情筋も硬くなっていく。

――見合いの日はお父さまも暗い顔をしていたから、私が硬い顔をしていてもおかしくなかったけれど……今日の私は花嫁だもの。

ヴィルはもちろん、その両親にも良く思われたいし、できるなら使用人たちにも歓迎されたい。

──そのためには笑顔でいなくちゃ、笑顔……笑顔……。

呪文のように唱えている間に馬車が門前に停まった。

父が先に馬車を降りてフェリアに手を差し出す。フェリアは大きく深呼吸をしてから、その手を取り後に続いた。けれど視線の先にハーバー家の面々が出迎えてくれるのが見えて、また頬が強ばってしまう。

──ダメ……。

笑顔を作るのが間に合わない。思わず視線を落としたフェリアに、ヴィルの母サリーがすかさず抱きついた。

「ようこそ、フェリアさん！」

弾んだ声でサリーが言う。

はっとフェリアが顔を上げると、サリーはきらきらとした表情でこちらを見つめていた。

「今日の日をずっと待っていたのよ！　ありがとう、フェリアさん！　ヴィルのお嫁さんになってくれて！」

想像以上の歓迎ぶりに、フェリアはつい目を瞬かせた。

サリーはヴィルと同じ赤い髪と褐色の瞳をした上品な顔つきの女性で、体は小さく、背もフェリアより少し低い。背格好だけ見るとヴィルと似ても似つかないが、快活そうな表情を見ていると、やはり彼の母親なのだと思う。

「あ……ありがとうございます」

サリーの歓迎が嬉しくて、目に涙がたまっていく。フェリアはぎゅっと、柔らかい義母の体を抱きしめ返した。

近くにはヴィルと、その父であるジョナサンもいて、眦《まなじり》を下げてこちらを見ている。

ちなみにヴィルの顔つきは父譲りのようで、二人はよく似ている。背も同じぐらい高いが、ヴィルほど鍛えていないのかすらりとした印象だ。

シルバーの髪と青い瞳は落ち着いた雰囲気で、ぱっと見だとヴィルは母に似ているように見える。

「よ、ようこそ！」

硬い声でそう告げるヴィルに、自然と胸が高鳴った。

今日のヴィルは礼服を着ている。白い上着の襟元には金糸の刺繍が入っており、その下には同じ色のベストを身につけ、首にはクラヴァットを締めている。

だがフェリアの目には、彼の衣装は少々窮屈そうに見えた。上着もベストもサイズが合っていないのか、腕や胸まわりがパツンパツンになっている。ボタンなどいまにも弾け飛びそうだ。

赤い髪も後ろに撫でつけているが、ところどころ跳ねていて、決まっているとは言いがたい。

「ごめんなさい……あの子、今日の明け方まで任務があったらしくて、さっき慌てて帰ってきて準備をしたの。礼服も騎士団に入る前に仕立てたものだから新調しなさいって言ったのに『この年で背が伸びるわけはないので大丈夫』と言って、いざ着たらこの様《ざま》で……」

サリーがフェリアの耳元に顔を寄せ、こそっと囁く。

フェリアは首を横に振った。

背は伸びないが、日々の鍛錬で筋肉はたくさんついたということだろう。素晴らしいことだ。

自分のことを後回しにしてまで騎士の職務に励んでいるのは、とても立派だし、いち国民として尊敬する。

――本当に、ヴィルは素敵だわ。

そう思うと自然と頬に笑みが浮かんで、フェリアは口元を手で押さえた。

笑顔を作れるかなんて、心配することはなかったのだ。ここにいれば――ヴィルがいれば、フェリアは緊張している暇なんてないのだから。

ほっとすると言うべきことを思い出して、フェリアは頭を下げた。

「今日のこと……色々と無理を言って申し訳ありませんでした」

貴族同士の婚姻としては異例の早さで話が進んだが、それはひとえに、ハーバー家が、カーディン家の事情を汲んでくれた結果だ。

「フェリアさんが早く嫁いできてくれるのなら私たちは嬉しいって、以前にもお答えしたはずよ」

ね？　と、サリーがハーバー家の男二人を振り返って訊ねる。

するとヴィルとジョナサンが大きく何度も首を縦に振った。

それが心からありがたく、フェリアはあらためて片足を引いて礼をした。

「お義父《とう》さま、お義母《かあ》さま、これからどうぞよろしくお願いいたします」

するとサリーとジョナサンが顔を見合わせ、「うふふ」「あはは」と照れたように笑った。

「お義母さまですって、あなた」

「本当に……嬉しいなあ」

頷き合う二人の少し後ろで、ヴィルが赤い顔でこちらを見つめている。

視線を送ると幸せそうに破顔されて、フェリアもまた頬を赤らめた。

「まあ、立ち話もなんですから」

ジョナサンがそう言って、フェリアと父を屋敷のなかへ招く。

するとヴィルがカクカクとした動きで傍にやってきて、「どうぞ！」とこちらに腕を差し出した。

エスコートしてくれるのだ。フェリアはそっと遠慮がちにその腕を摑んだ。

――すごいわ、力強い腕。

鍛えられ、緊張からか硬くなった筋肉に触れていると、胸がさらにときめいていくる。

「……ありがとう、ヴィル」

「きょ、今日の日を迎えられて、オレは！　幸せです！」

まっすぐな言葉に、頬が染まる。互いに赤い顔になって少し照れてから、二人は屋敷のなかに入った。

玄関ホールには、新しい女主人に挨拶をするために使用人たちが集まっていた。

だが彼らはフェリアを見ると、頭を下げる前に一瞬、揃って息を吞んだ。

どこかひりついた空気を肌で感じ、フェリアは頰を強ばらせた。

――やっぱり、悪評のついた花嫁なんて歓迎されないわよね。

落ち込んでいると、ヴィルが珍しく小さい声で囁いた。

「すまない……その、オレがフェリアのように美しい花嫁をもらえるとは誰も想像だにしておらず……」

「え？」

「みな、いま、夢か幻だと思っているんだ。オレがあまりに女性と縁がなかったばかりに、周りが疑心暗鬼に……本当にすまない」

そんなことがあるのかと戸惑っていると、サリーが慌てた様子でフェリアを『ヴィルの妻』であると紹介してくれた。同時に、ところどころからすすり泣きが聞こえてくる。

「良かった……ヴィルさまが本当にご結婚を……」

「それもこんな美しい奥方を……」

「本当に良かった……」

確かに、ぽつぽつと囁かれる声に悪意はなさそうだ。

すぐに代表である執事とメイド長が前に出てきて挨拶をしたが、その嬉しそうな笑顔に嘘も見られない。

使用人の数は十数人ほどと、屋敷の規模にしては決して多くはないが、みなそれなりに年を取っていて古参の雰囲気がある。きっと、ヴィルやその両親の人柄を愛している者ばかりなのだろう。だから彼らと同じように、フェリアを歓迎してくれている。

ほっと胸を撫で下ろしたところで、サリーがフェリアに微笑みかけた。

「夫と私は普段領地で過ごしているから、この屋敷はヴィルとフェリアさんにお任せすることになります。ヴィルもこれまでは王宮にある宿舎で寝泊まりしていたけど、これからは毎日帰ってくることでしょう。彼らもようやくちゃんと仕事ができると喜んでいるのよ」

サリーがそう言うと、使用人たちがにこやかに頷く。

フェリアは胸があたたかくなるのを感じ、満面の笑みを浮かべて使用人らを見渡した。

「フェリアです。どうぞ、これからよろしくお願いします」

女主人が使用人に頭を下げるのは一般的ではないかもしれないが、カーデイン家ではいつもそうしていたので、あまり考えずに体が動いた。しかし、一般的な作法としてあまり良くなかったかもしれない。おそるおそる顔を上げると、サリーとジョナサンが目を潤ませてこちらを見つめていた。

「本当に……ヴィルのお嫁さんになってくれて、ありがとう……フェリアさん」

サリーがフェリアの手を取って何度も頭を下げる。

戸惑ってヴィルを見上げると、彼はすでに号泣していた。

「フェリアは姿形も美しいが！　心が！　一番美しい！」

その叫びを皮切りに、サリーもジョナサンも使用人たちも、おいおいと泣き始めてしまう。

――これは……どうしたら。

褒められて嬉しいのは嬉しいが、周りがみんな泣いている状況は初めてだ。

困って父に視線を送ると、どうしたものか同じように泣いていた。

「本当に……フェリアを、こんなに快く迎え入れてもらえるとは……！」

その後も「ありがとう」「本当にありがとう」「ありがとう」と口々に感謝され、ヴィルが感極まって走りに行こうとするのを止めてから、食堂へと案内された。

食事会が開かれ、和やかな空気のなか、今後のことを話し合う。

「結婚式は本当にされなくてよいのですか?」

ジョナサンが訊ねるのに、フェリアの父が首を縦に振る。

「いまは時期が悪いですから……あまり目立つようなことは……」

「そうですね、フェリアさんはこんなに綺麗なんだもの！　どうせなら結婚式も盛大にしたいわ！　時期がきたら、しっかりお祝いしましょう！」

父の言葉に、すかさずサリーが両手を叩く。

思い詰める性格の父が暗くなりかけると、すぐにサリーやジョナサンが空気を明るくしてくれるのが、フェリアにはありがたかった。

ジョナサンはあまり口数が多くないタイプのようだが、サリーに「うん!」「そうだな!」と明るく相づちを打って、父が暗くなる隙を与えないでくれた。

食事会が終わると、日が暮れる前に父はフェリアを残して領地へと帰っていった。

二人で乗ってきた馬車に、父が一人で乗り込んで帰っていくのを見送る。すると本当にこれからここで生活をするのだという実感が湧いてきた。

フェリアはおそるおそる、隣に立つヴィルを見つめた。

自分と同じように緊張しているのだろう、食事会の間、彼の口数は少なかったが、時折フェリアと目が合うと嬉しそうに笑ってくれた。

いまもフェリアの視線に気付いてこちらを見つめ、照れくさそうな笑みを浮かべている。

そして――。


湯浴みを終え、薄いナイトドレスに着替えたフェリアは、用意された寝室でヴィルを待っていた。

二人のための寝室は、ちょうど朝日が差し込む東向きの部屋で、窓にかかる若草色のカーテンが爽やかだ。ベッドは広々としていて、作りが派手でないのがフェリア好みだった。

後は鏡台や、椅子と机といった必要最小限の調度品があるだけで、寝室はとても落ち着いた雰囲気である。

フェリアはその鏡台の前に座り、黄金色の髪に櫛《くし》を通していた。

――初夜。

先ほどから、その単語がぐるぐると頭を巡って離れない。

フェリアにはずっと婚約者がいたので、いつでも嫁げるようにと閨《ねや》のことは早くから教育を受けていた。そのため、一般的なことは知っているが、実践はもちろん初めてだから、その時が近づくと否応なく緊張してしまう。

いよいよ彼に抱かれるのだという実感が湧いてきて、フェリアの心臓は破裂しそうになっていた。

――ヴィルは……。

彼は、フェリアとの夜を想像したことがあるのだろうか。

だとしたら、その時、フェリアはどんな表情をしていたのだろう。

そんなことを考えて櫛を動かす手を止めた時、寝支度を整えたヴィルが寝室に入ってきた。

脳裏には再び『初夜』の二文字が浮かんできて、フェリアの顔が赤くなる。

ヴィルは、全身カチコチの氷になったようなぎこちない動きでフェリアの前にやってくると、絡《から》繰《く》り人形のような動きで頭を下げた。

「今日は……今日も！　すまなかった！」

「すまない……？　何がですか？」

瞬きをして訊ねると、ヴィルが軽く頭をかいた。

「フェリアが嫁いできてくれた記念すべき日なのに、オレは、なんとも格好がつかず……」

「格好が……？　ああ！」

フェリアは、今日彼の服がパッツンパッツンだったことを思い出した。

「服のことですか？　そんなの……全く気になりませんでした。むしろお忙しいのに、今日一日時間を取ってくださったことが、私は嬉しかった」

椅子から立ち上がり、ヴィルの逞しい腕に両手で触れる。

ヴィルは湯気が出ていないのが不思議なほど赤い顔になって、「ありがとう！」と言った。

それから腕に触れたフェリアの手を見つめ、感極まった様子で鼻をすする。

「オレも……フェ、フェリアの優しさに甘えてばかりではいけないと思っている！　これからは……その、君が傍にいても、恥ずかしくない男になれるよう、努力する！」

「ヴィルは……そのままでも素敵だわ」

彼の胸にしなだれかかると、鍛え上げられた体が分かりやすく強ばった。どんな敵が相手でも引けを取らないだろう屈強な体が、フェリアに触れられただけで、こんな風に緊張するだなんて。

押し当てた耳からは、激しすぎる心臓の鼓動が聞こえる。

フェリアもさらにドキドキしてきて、全身の体温が上がっていくのを感じた。

「……触れても、いいのだろうか」

低い声が、自信のなさそうに訊ねる。

「もちろん……私を、あなたの妻にしていただけるのでしょう？」

頷くと、まるで壊れ物に触れるように、ヴィルがフェリアの頬に指で触れた。

彼が「フェリア」と囁く。フェリアが目を閉じると、音もなく唇が重なった。

鳥が羽を寄せ合うような、優しい口づけだった。

よほど緊張しているのか、彼の唇はずっと震えている。

「必ず……君を大切にする」

キスを終えると同時に囁かれ、フェリアはうっとりと頷いた。

ヴィルがフェリアの体を横抱きにしてベッドへ向かい、その上に優しく下ろす。

抱きしめて欲しくて両手を伸ばすと、ヴィルは咆哮《ほうこう》に近い唸り声を上げながら、フェリアの上に覆い被さった。

「フェリア……！」

再び唇が重なる。今度は深い口づけだ。

唇の隙間から彼の舌が入ってきて、フェリアの口内を荒々しく愛撫《あいぶ》する。

するとぴりぴりとした感覚が全身を駆け抜けて、フェリアは思わず甘い声を漏らした。

ヴィルの息遣いが荒くなる。

フェリアは彼の背中に腕を回し、太ももを彼の下半身にもぞもぞと擦《こす》りつけた。

「ヴィ、ル……っ、ぁ」

口づけに感じていると、ヴィルがナイトドレスのリボンに指をかけた。長く、節くれ立った指が震えている。

部屋は蠟燭《ろうそく》の灯《あか》りがいくつかあるだけで、薄暗くはあるが、お互いの様子ははっきりと見える。本音を言えば、もう少し暗いほうが恥ずかしくなくてよい。けれどいまの雰囲気を崩すのも惜しい気がして、流れに任せることにした。

「あっ」

ドレスの前が開いて、胸があらわになる。

その二つの膨らみはどちらかといえばささやかなほうで、彼をがっかりさせないか、フェリアはここにきて急に不安になった。

菫色の瞳を揺らしながらヴィルを見上げると、彼はフェリアを——あらわになった場所を凝視していた。

さすがに恥ずかしいからそんなに見ないで欲しい。さっと両手で胸を覆うと、ヴィルははっと我に返ったように顔をそらし、「すまない！」と言った。

しかしその息遣いは相変わらず荒い――というか、荒すぎる気がする。

呼吸も浅く、肩の上下の動きが恐ろしいほど速い。

「……ヴィル？」

彼の体調が心配になって名前を呼ぶと、ヴィルは急に片手で顔を押さえ、フェリアの上から飛び退いてしまった。

「ま、待ってくれ」

「……あの」

「少しだけ、待ってくれ……」

いったいどうしたというのだろう。

うろたえるフェリアに、ヴィルがくるりと背中を向けた。

初夜に夫に背を向けられるという事態に、理由を考えるより早く胸がつきりと痛む。

――まさか、本当に私の胸が小さすぎて……!?

フェリアは一瞬青ざめかけたが、さすがにそれはないだろうと首を横に振った。

自分の不安より、いまはヴィルの体調だと思い直し、後ろから顔を覗《のぞ》き込む。

そして思い切り悲鳴を上げた。

「ヴィル!?」

ヴィルの手の間から、ベッドのシーツに向けて、ぽたぽたと血が零れ落ちていた。

咄嗟に吐血だと思ってフェリアは叫んだが、ヴィルは「違う！　違う！」と空いている手を激しく横に振った。

「は、鼻血だ！　これは、鼻血なんだ！」

「鼻血⁉」

なぜ⁉

フェリアは混乱したが、ふと頭に『鼻血を出した時は首の後ろを叩くといい』という民間療法が浮かんできて、訳も分からないまま、とんとんとヴィルの首の後ろを叩いた。だが血は一向に止まる気配がない。

間を置かず、寝室の扉を叩く音がする。

慌ててドレスのリボンを括《くく》り直して返事をすると、フェリアの悲鳴を聞きつけた使用人が数人「何ごとですか⁉」部屋に飛び込んできた。

そしてだらだらと鼻血をたらすヴィルと彼の首を叩くフェリアを見て、やはり吐血かと勘違いした使用人たちが悲鳴を上げる。あっという間に屋敷中から人が寝室に集まってきて、大騒ぎとなった。

ヴィルも行為をしようとして鼻血を出したとはさすがに言い出せなかったようで、真っ赤な顔のまま、無言で寝室から運びだされていった。

さっきまで格好良かった褐色の瞳が潤んでいたので、多分、半泣きだったのだろう。

使用人たちも医者を呼ぶやら、ヴィルの看護やら、シーツの替えを取りにやら、おのおの混乱し、

一斉に部屋から去っていってしまう。

何が起こったのか、全く事態についていけない。

フェリアは呆然と、開け放たれたままの寝室のドアを見つめた。

そして初夜に夫が鼻血を出し、寝室に取り残された妻として、呆気に取られた声を漏らした。

「ええ……？」


「本当に！　申し訳ない……!!」

同じベッドの上で向かい合って座る夫は、この世の終わりのような表情で頭を下げている。

フェリアは戸惑いつつも首を横に振った。

「……いいえ、気になさらないで。大病でなくて良かった！」

もっと励ますべきだろうかと逡巡《しゅんじゅん》したが、結局は思っていることをそのまま口にした。

すると自分でもそれが正解だったと思えて、胸を撫で下ろす。

――昨日は……本当にびっくりしたけれど。

衝撃の初夜から、すでに一日が経過している。

あの後、彼の出血が鼻からだということはすぐ判明したが、呼び出した医者に『今夜は安静に』と言われたこともあり、別々の寝室で休んだのだ。

ヴィルは家の者はもちろん、医師にも鼻血の原因を話さなかったようで、フェリアは正直ほっとしていた。

『初夜に興奮して鼻血を出しました』と広まるのは、ヴィルもそうだろうが、フェリアも恥ずかしい。とはいえヴィルの両親は色々と察したらしく、今日一日とても申し訳なさそうにされ、それはそれでいたたまれなかったのだけど。

また今朝は早い時間から任務があったようで、ヴィルは朝日と共に宮殿へ走っていってしまい、なんだかんだゆっくりと話すのはいまになってしまった。

「……申し訳ないのは、鼻血だけではないんだ」

呻《うめ》くようにヴィルが言う。

思いがけない言葉に「え？」と首を傾げると、ヴィルはふかふかのベッドの上に固めた拳を乗せ、躊躇うような、苦しみを堪えるような表情で言葉を続けた。

「オレは……その、昨日、フェリアに触れていた時に、男として機能していなかった」

「……機能？」

フェリアは問い返してから、その意味を察し、さっと顔を青ざめさせた。

閨でのことには詳しくないが、つまりフェリアではその気になれなかったということだろう。

初夜での不安が蘇《よみがえ》り、目に涙が滲む。

「そ、それは……私には女としての魅力が……！」

「違う！　違う！」

フェリアが全て言い切る前に、ヴィルが慌てた様子で首を横に振る。

「むしろ、逆だ……！」

「……逆？」

「こ、興奮しすぎて……逆に、血が……全て頭のほうに上ったと申し上げますか……！」

「興奮しすぎて……」

顔を真っ赤にし、語尾までかしこまるヴィルに、フェリアは思わず口元に手を当てた。

「そういうことがあるのですか？」

頬を染めて訊ねると、ヴィルがほとんど泣いているような顔で「面目ない」と頭を下げる。

それが本当ならフェリアとしては嬉しいぐらいだが——信じ切れずにいると、ヴィルは拳を握りしめて大きく頷いた。

「フェリアは何も悪くないんだ！　オレは……その……そういった行為をしたことがなく、自分でもまさかこのようなことになるとは……せっかくフェリアが妻になってくれたのに、オレという男は……！」

行為をしたことがない。

それを聞いて、フェリアはパチリと大きく瞬きした。

もしかしたら——とは思っていたけれど、実際にその逞しい体を知るのが自分だけなのだと思うと、全身がカッと熱くなるような気がした。いや『自分だけ』も何も、まだフェリアも何も知らないのだけど。

フェリアははしたない想像をした自分を誤魔化すように、赤い顔でこほんと一つ咳払いをした。

「本当に、私に魅力を感じなかったわけではないのですね？」

念押しで訊ねると、ヴィルは「もちろんだ！」と頷いたが、その顔はすでに離縁を申し渡されたように深刻だ。

フェリアは少し考えて、ごくりと唾を飲み込んでヴィルの肩に触れた。

「ヴィル……私たちは、関係を急ぎすぎたのではないでしょうか」

「……急ぎすぎた？」

「ええ。お互いのことをよく知らないまま先を急ごうとして、その……」

ありていに言えば、失敗したのではないかと。

そう言うと、ヴィルは頭から水をかけられた犬のようにしょぼくれた。

「面目ない」

「謝っていただきたいわけではないのです。お互いに、もう少し……行為に、ゆっくり慣れていくのはどうかと提案をしたいのです」

フェリアは菫色の瞳を揺らしながらそう言った。

「いきなりだと興奮しすぎてしまうというのなら、少しずつ……お互いの体に触れる場所を増やしていくなんて、どうでしょう。今日が腕なら、明日は脚、あさっては顔……。部屋も暗くして、まずは体に触れる感覚にお互い慣れていけば、少しずつでも先に進めるようになるのではないかと……」

話しているうちに、自分がはしたないことを言っているのに気付いて、フェリアは顔を赤くした。

声はどんどん小さくなっていく。

――だけど、私はヴィルと……ちゃんと夫婦になりたい。

ぎゅっと膝の上で拳を握る。

「それに私、あなたのことを……もっと知りたい」

そう言った瞬間、彼の肩に触れていたフェリアの手を、ヴィルが掴んだ。

褐色の瞳がフェリアを捉える。

「オレもだ、フェリア。オレも、君のことをもっと知りたい」

「ヴィル」

「……ありがとう」

ヴィルの低い声が、フェリアの耳元で響く。

そこからは、はしたないことを言ったフェリアへの軽蔑は微塵《みじん》も感じられない。

フェリアはなんだか泣きたいような気持ちになって、軽く鼻をすすった。


それから二人は、部屋のカーテンを閉め切り、部屋中の灯りを消してから、再びベッドの上で向かい合った。また鼻血が出ても騒ぎにならないように、念のためベッドサイドの小棚には布とたらいの準備もしてある。

ヴィルが寝間着の袖をたくし上げ、右腕を晒す。フェリアは両手で、ぺたぺたと、その剝《む》き出しになった肌に触れた。

「すごく硬いのですね」

力こぶの辺りを触って言えば、ヴィルは緊張した様子で天井を見上げた。

「き、鍛えておりますので！」

「すごい力こぶ……」

「そこは、上腕二頭筋です！」

「こちらもとても硬い」

「そちらは上腕三頭筋です！」

フェリアの感想に、ピクピクと筋肉を紹介するかのように動かしながら、ヴィルが答える。

「どんな風に鍛えたら、このような逞しい腕になるのですか？」

「やはり、基本は腕立て伏せであります！　隙間時間を見逃さず、筋肉を鍛え抜く！　あとは重たいものを持ち上げたりして、筋肉を作って参ります！」

緊張すると敬語になるのは癖のようなので、あえて指摘せずにフェリアは「まあ」と感嘆の声を漏らした。

日々の弛《たゆ》まぬ鍛錬。それをやり通す強い精神。

その結晶こそが筋肉なのだ。

フェリアはうっとりとして心ゆくまで腕の筋肉に触れてから、自分のナイトドレスの袖を肩までまくし上げた。

「私の腕も……どうぞ……」

頬を染めて言うと、ヴィルがごくりと息を呑む音がした。

指先でつつくようにフェリアの腕に触れてくる。

「……フェリアの腕は柔らかい」

「鍛えたほうがよいかしら？」

「どちらでも……君の腕は美しいと思う！」

大きな手のひらで、フェリアの腕を包み込みながらヴィルが言う。

暗闇のなかでも、互いの視線が絡まるのは分かる。二人は見つめ合い、どちらからともなく照れたように笑い、それから触れるだけのキスをした。


翌朝、フェリアがいつものように朝日と共に目を覚ますと、ヴィルはすでに起きて仕事へ行く支度を始めていた。いまはちょうどシャツに着替えるところだったようで、逞しい背中があらわになっており、思わず頬が赤くなる。

——とても素敵。

昨日はあの体に——正確には右腕に触れていたことを思い出して、あらためて心がときめく。

シーツで顔を隠すようにして夫の体に見とれていると、ヴィルが視線に気付いたようにこちらを振り返った。

「おはよう、フェリア！」

「おはようございます……何か私の顔についているかしら？」

挨拶をしたままヴィルがじっとこちらを見つめるので、フェリアは不安になって首を傾げた。涎《よだれ》でも出てしまっていただろうかと、慌てて口元を指で拭う。

「ああ、いや！　違う！　フェリアがオレと同じ寝室で目を覚ましているのが……まるで夢を見ているようだと……嬉しくて」

ヴィルが顔を赤くして言う。

フェリアもつられて照れてしまい、シーツでさらに顔を隠す。するとヴィルは嬉しそうに赤い髪を手でくしゃりと乱した。

「それから……昨日はありがとう！　オレのせいで色々と迷惑をかけるが、フェリアときちんと夫婦になれるよう、鋭意努力する！」

赤い顔のまま頭を下げるヴィルに、フェリアは微笑《ほほえ》んだ。

夫婦としての歩みは遅々としたものかもしれないが、フェリアもとても幸せな気持ちだった。

――ヴィルと結婚できて、私は幸せ者だわ。

初夜から色々とあったとはいえ、ヴィルは一貫してフェリアを大事にしてくれている。

このまま良い夫婦になれるように、フェリアも精一杯頑張るつもりだった。

ヴィルは「フェリアはもっとゆっくり寝ていてくれ」と言ったが、首を横に振ってベッドから下りる。

「ヴィル、待って。寝癖がついているわ」

赤い髪に寝癖がついているのを見つけ、ヴィルを鏡台の前に座らせる。

フェリアはその髪に、丁寧に櫛を通していった。

「ヴィルの髪は、少し癖があるのね」

燃えるような赤い髪に触れるのが嬉しくて、胸が高鳴る。

だがその手触りはごわごわとして、決していいとは言えなかった。

ヴィルの性格からして、髪には無頓着なのだろう。手入れをされている形跡はなく、散髪も自分でしているのか、長さも微妙に不揃いだ。

フェリアは少し考えてから、自分用の精油を棚から取り出し、彼の髪に軽くつけた。

すると跳ねていた寝癖も落ち着き、髪にも少し艶が出て見える。

フェリアが満足して「うん」と一人頷くと、耳まで真っ赤にしたヴィルがこちらを振り返った。

「ありがとう」

褐色の瞳を細めてヴィルが言う。

その姿がいつもよりさらに素敵に見えて、フェリアは思わずどきりとした。

髪を少し整えただけなのに、粗野っぽい雰囲気が抜けてとても格好良い。

ヴィルは元々精悍な顔つきをしているから、少し身だしなみを整えるだけでも見違えるようになるのだとフェリアは気付いた。

続いて彼の着ているシャツの肩の位置を正してみると、逞しい体つきがより際立ち、美しさまで感じてしまう。

「フェリア？」

うっかり見とれていたところに声をかけられ、フェリアははっと我に返った。

それから赤くなった頬を隠すように手を当てて、「なんでもありません」と微笑む。

その後は、仕事へ向かうヴィルを見送りにフェリアも玄関ホールへと出た。

「いってらっしゃい、ヴィル」

微笑んでから、さっと周囲を見渡す。

さすがにまだ朝が早いから、使用人たちの姿はない。それを確認してからヴィルの手を摑んで、くいくいと引いてみる。何か話があるのかと思ったヴィルが腰をかがめたところで、フェリアは彼の頬に軽いキスをした。

母が生きていた頃、父が出かける時によくこうしていたのだ。

だがヴィルが腰をかがめたままの格好で固まってしまったので、フェリアは少し心配になってその顔を覗き込んだ。

「お嫌でした？」

不安に思ったところで、ヴィルが「まさか！」と言って、泣くのを堪えるように顔の真ん中にしわを寄せた。

「オレは……幸せです！」

それから「うぉおおおお」と雄叫びを上げ、屋敷を飛び出すようにして職場へ向かっていった。

――すごいわ、本当に走って行かれるのね。

感心するのと同時に、彼が喜んでくれたことが嬉しくてフェリアは微笑んだ。

――さて、この後の時間をどう過ごすべきかしら。

頬に手を当てて首を傾げる。

ハーバー邸には礼拝堂がないから日課だった掃除はできないし、街の教会へ行くにもまだ時間が早すぎる。

とりあえず一度部屋に戻ろうと踵《きびす》を返したが、歩き始めてすぐに足を止めた。

ホールの階段から、ヴィルの両親が並んで下りてきたからだ。

二人はフェリアがこちらの生活に慣れるまで、王都にいてくれると聞いている。

「あら、フェリアさん！　おはよう」

二人もフェリアに気付いて、にこやかに声をかけてくる。

フェリアもまた挨拶を返してから、小さく首を傾げた。

「お二人で、どこかへ行かれるのですか？」

二人とも軽装だが、外行きの格好である。

しかし散歩にしては朝が早すぎるし、サリーのほうは単に軽装というだけではなく、乗馬服のようなズボンを穿《は》いている。

サリーがにこやかに頷いた。

「ええ、少し走ってこようかと思っているの！」

「走る？　お義母さまも走るのですか⁉」

驚くフェリアに、サリーは「そうよ」と少し照れたように頷いた。

「昔ね、領地で大規模な土砂崩れがあって、何人かが生き埋めになるということがあったの。その時に私は、何も力になれなかった。私にもヴィルのように岩や木を持ち上げる力があれば、土砂をすくい続ける体力があれば、もっと多くの人を助けることができたかもしれないのに。そう後悔してから、私たちもヴィルを見習って走ることにしたのよ」

「ね？」とサリーがジョナサンへ視線を向ける。

「ああ。私も走って体を鍛える習慣はなかったんだが、サリーに誘われて、一緒に走るようになったんだ」

二人の言葉を聞いて、フェリアは両手を口に当てた。

――なんてご立派なの……！

ジョナサンはもちろんだが、サリーは貴族のご婦人である。

領民のために自ら体を鍛えようなど、普通は思いつきもしないだろう。

同じ女性として、フェリアは心からサリーを尊敬した。

――さすがはヴィルのお母さまだわ。

ヴィルの熱い魂を育て上げたサリーも、やはり熱い女性だったのだ。

しかしサリーのほうは、フェリアの反応をどう受け取ったのか、申し訳なさそうに眉を下げた。

「領地と違ってこちらでは人目が多いし、女性が外を走るのは外聞も良くないと分かっているわ。ただこれだけ朝早ければ人も少ないし、噂にもならないかしらと思って……でも、フェリアさんは、嫁ぎ先の義母がこんな格好で外を走っていたらお嫌よね」

無神経でごめんなさいね、とサリーが頬に手を当てる。

フェリアは慌てて首を横に振った。

「まさか！　嫌だなんてことはありません！　領民のためにご自身の体を鍛え上げるだなんて、お義母さまは領主夫人の鑑《かがみ》だと思います！」

胸の前で両手を組んで訴えると、サリーとジョナサンは顔を見合わせ、揃って目尻を指で押さえた。

「ヴィルに、こんなに優しいお嫁さんが来てくれるだなんて」

「本当にありがとう、フェリアさん」

二人はそう頷き合うと、フェリアに手を振って外へと走りに行った。

その背中を見送ったフェリアの胸は、感動に震え続けていた。

——私も、あんな風に生きてみたい。

そう思って、自分の手を広げてみる。

苦労を知らない白い指先。

フェリアはこれまで、せいぜい朝に礼拝堂を掃除するぐらいで、他に水仕事も畑仕事もしたことがない。

アルフレッドに嫌われてはならないと、肌を不用意に焼いたり、体を傷つけたりすることのないよう細心の注意を払って生きてきたのだ。

それがフェリアにとっての〝良い〟生き方だった。

だがサリーは貴族の女性としては考えられないことに、自ら外を走って体を鍛えている。

彼女自身が、それを〝良い〟ことだと思うから。

ここでは、何が〝良い〟ことなのかは、自分で考えて決めるのだ。

フェリアはそのことに気付いて、心を揺らした。

――私は、どんな人間になりたいのだろう。

そう胸に問いかけた時、浮かんできたのはヴィルの顔だった。

フェリアは彼の妻としてふさわしい人間になりたいと思った。

しかし、本当はそれだけでなくて。

――私は、ヴィルのようになりたい。

舞踏会で、なんの損得もなくフェリアを助けに来てくれたヴィル。

あの時の姿は、いまもフェリアの胸に焼きついて離れない。

フェリアは彼を男性として好ましいと思うだけでなく、一人の人間として尊敬している。

彼に憧れているのだ。

あの炎のように熱く、鮮烈で、まっすぐな姿に。


「走りたい？　フェリアが？」

夜、仕事から帰ってきたヴィルは、フェリアの話を聞いて首を傾げた。

近衛騎士団はいまよほど忙しいようで、すでに日が変わろうかという時間だ。

屋敷に戻ってきたヴィルはひとまず湯を浴び、フェリアがまだ起きていると聞いて急いで寝室に来たらしい。赤い髪からはまだ水がしたたっている。

フェリアはヴィルを椅子に座らせると、背後に立って肩にかけたタオルで髪を拭いてやった。

そのシチュエーションにヴィルが感動してすすり泣いたが、フェリアもだいぶ慣れてきて、あまり気にせずに説明を続けた。

「ええ、朝にでも少し。そんなにしっかり鍛えたいわけではないけど、まずは体力をつけたいの」

サリーの話を聞いてから、一日ずっと考えていたことだ。

「でも肌が日に焼けるかもしれないし、筋力がつくと体も多少硬くなるかもしれません。ヴィルは嫌かしらと思って」

もっと言うなら、誰かに見られるとまた新たにおかしな噂が流れるかもしれない。

それを考えると、正直、不安な気持ちもある。ただでさえ評判が悪いところに、今度は何を言われるか——だけど、ヴィルはきっと、フェリアが何を言われても嫌いにならずにいてくれるだろう。そう信じられた。サリーもジョナサンもそうだ。

「まさか！」

ヴィルがすぐさまフェリアの言葉を否定する。

椅子から立ち上がって振り返り、ぐっと拳を握った。

「少しぐらい日に焼けたほうが、むしろ健康的で良いとオレは思う！　筋力がつくのも良いことだ！」

「ヴィル……」

「フェリアがやりたいと思ったことをするべきだ。オレはそれを尊重する！　だが……」

ヴィルはそこで僅かに言葉を濁してから、心配そうに褐色の瞳を細めた。

「だがもし、母やオレに気を遣って言っているなら、その必要はないんだ。母が走っているのは好きでやっていることだし、フェリアが無理に合わせることはない」

サリーが走っていることは当然ヴィルも知っていて、フェリアが突然「走りたい」と言い出した理由にも気付いたようだ。

フェリアは首を横に振った。

「走りたいと思ったのはお義母さまがきっかけだけど、それは気を遣っているのではないわ。私が走りたいと思ったの。私は……ヴィルを尊敬しているから」

ぽっと頬を赤らめてフェリアが言うと、ヴィルはあわあわと口を動かした。

「お、オレを……フェリアが……尊敬」

「おかしなことかしら？　あなたは尊敬できる人だわ」

真剣に伝えると、ヴィルはまた泣きそうな顔になり、それから顔を真っ赤にして「光栄です！」と叫んだ。

「よ、よし……！　では明日からはオレも一緒にフェリアと走ろう！」

「ヴィルも？」

湯気が出そうな顔色のまま叫ぶヴィルに、フェリアは目を丸くした。

「でも、朝は早くから訓練などがあるのでは……」

「それは大丈夫だ！　詰所に着いても、訓練の開始時間まで走っているだけなんだ」

「もちろん朝から任務がある日は無理だが」と付け加えてヴィルが照れたように笑う。

つまりヴィルは他の同僚よりとても早くに職場へ行って走っているということだろう。

フェリアは彼を見て、騎士はみんな朝が早いのかと思っていたが違ったらしい。

あまりに彼らしい行動に思わず笑ってしまってから、フェリアは「それなら」と頷いた。

「では、お願いします。私もヴィルと一緒なら心強いわ」

早朝とはいえ、さすがに身分ある女性が一人で出かけるのは危ないとフェリアも分かっているから、義父母にお願いして一緒に走りに出るつもりだった。

義父母が領地に帰ってからのことは悩んでいたが、ヴィルが一緒なら解決だ。

「もちろんだ！」

ヴィルが大きく頷く。

「一緒に走ろう、フェリア！　走るのは良いことだ！　体力もつくし、代謝も良くなり、健康になる！　オレはフェリアに長生きをして欲しいから、とても嬉しい！」

褐色の瞳を煌《きら》めかせるヴィルに、フェリアもなんだか熱い気持ちになって拳を握った。

「ええ！　頑張ります！」

そうしてフェリアは、ヴィルと共に朝から走ることになった。

ハーバー邸のある住宅街から少し進んだ先には、乗馬が楽しめる大きな広場があって、翌朝にはヴィルや彼の両親と共にそこへ向かった。

サリーから服を借り、日焼け対策につばの広い帽子を被《かぶ》り、乗馬コースを彼らと共に走る。

これまで〝走る〟という行為自体をほとんどしたことがないので、フェリアの息はすぐに上がったけれど、気分は爽快だった。

朝早い時間で、他に人がいないのも集中できて良い。

ヴィルもフェリアにペースを合わせ、手の振り方や足の上げ方など細かく指導した。

「フェリア！　こうだ！　腕はもっと大きく、空を突き上げるように振る！　そうすると勝手に足のほうも進んでいく！」

「はい！」

「呼吸はゆっくりと！　吸うことより、吐くことに集中するんだ！」

「はいっ！」

昇る朝日を背に、二人は熱く走り続けたのだった。

「……痛い」

そして夜。

フェリアはベッドの上で両足を投げ出すようにして座り、涙目でふくらはぎをさすっていた。淑女としてあるまじき格好だと分かっているが、ぴくりとも動かせないぐらいに足が痛いのだ。なんなら二の腕の辺りもちょっと痛い。

「筋肉痛だな」

同じベッドに腰かけるヴィルが、髪を手で乱しながらそう言った。

「筋肉痛……」

「普段使わない筋肉を使ったせいで、筋繊維が傷ついて痛みを感じている。心配することはない、筋肉が喜んでいるだけだ！」

「筋肉が……喜ぶ……」

「運動してその日のうちに痛みが出るのも、筋肉が若い証拠だ！」

「筋肉が……若い……」

フェリアはおずおずと頷いた。

筋肉に対して知見がないが、ヴィルが言うならきっとそうなのだろう。

「今日の肌に触れる特訓は脚にしよう！　筋肉痛に良いマッサージがある」

ヴィルがベッドに乗り上げ、フェリアのナイトドレスの裾をめくって脚に触れる。

フェリアは思わずドキッとしたが、ヴィルのほうはマッサージをするという目的があるからか、顔も赤くないし、敬語にもなっていない。

ヴィルがふくらはぎを優しく揉む度に、ぴりりとした痛みが走る。フェリアは「いたた」という声を漏らしながら笑みを浮かべた。

「フェリア？」

ヴィルが不思議そうに名を呼ぶ。

「痛い」と言いながらフェリアが笑っているから、マッサージを続けてよいのか迷っているのだろう。

フェリアは口元に両手を当てて「ごめんなさい」と謝った。

「なんだか……嬉しくて」

ヴィルとの距離が少しずつ縮まっていることが。

こうして少しずつ距離を縮めていけば、いずれは本当の夫婦になれるだろうか。

そんな期待をして微笑むと、ヴィルはまた顔を赤くしたけれど、それ以上上がる様子もなく、褐色の瞳を細めた。

「オレもだ。オレは……君があの日オレに会いに来てくれた時から、ずっと嬉しいし、幸せだ。だというのに、オレはこの通り女性の扱いも上手くないし、君の前ではすぐに上がってしまって上手く振る舞えないことも多い」

彼の言葉に、フェリアは目を丸くして「そんな」と口を挟もうとした。

けれどヴィルは手を前に出してそれを遮ると、一息に言葉を続けた。

「だがオレは、いま、君を心から幸せにしたいと思っているし、大事にしたいと思っている。オレと結婚して良かったと、君に思ってもらいたい」

真摯に言葉を伝えてくれるヴィルに、フェリアは胸をじんと震わせた。

「私も……あなたが私との結婚を受け入れてくれた時から、ずっと幸せだわ。それに私のほうこそ……世間の評判も悪くて、可愛げだってないし、あなたに申し訳ないと思うことがある」

「馬鹿な！」

ヴィルは声を上げたが、フェリアもまた両手で彼の口を押さえて遮った。

「それでも、いまは精一杯、あなたの良き妻になりたいと思ってます。あなたに私と結婚して良かったと思ってもらいたい」

まっすぐに彼を見つめて、想《おも》いを返す。

するとヴィルは、いつものように顔の真ん中にしわを寄せて涙を堪えた後、首を横に振った。

「君以上の女性など、この世のどこを探してもいるはずがない」

それは大げさだと思ったが、ヴィルが本心からそう言ってくれたのが分かったから、フェリアは「嬉しい」と微笑んだ。

「ですから、あなたの良き妻になれるように、後で私にもマッサージを教えてくださいね。私もヴィルにしたいもの」

悪戯《いたずら》っぽくそう言うと、ヴィルは嬉しそうに笑い、それから鼻をすすって頷いた。

四章　熱血騎士、新婚生活を満喫する。

「一、二、三……」

「反動を使わずに、もっと腹の力で……そうだ！　いいぞ、フェリア！」

芝生の上に寝転がって腹筋するフェリアの足首を押さえながら、ヴィルが元気よく声をかける。

ハーバー家に嫁ぎ、体を鍛えるようになってから約ひと月。

サリーとジョナサンは領地へ帰ったが、フェリアはヴィルと共にトレーニングを続けていた。

最近では毎朝の走り込みに加えて、腹筋と背筋をこなせるほどに体力がついてきている。

フェリアはさほど筋肉をつけたいわけではないが、体が引き締まり、疲れにくくなるなどの変化を実感できるのはとても楽しい。

いつもの広場には、煌めく朝日が降り注いでいる。

予定の回数腹筋を終えたフェリアに、ヴィルがニカッと明るく微笑んだ。

「お疲れさま、疲れただろう？」

「ええ……少し、でも気持ちのよい疲労感だわ」

「うん！　良い汗をかくと、気持ちがいい！」

芝生に並んで座りながら、何げない会話を交わす。

少し甘えたくなって彼の肩に寄りかかると、ヴィルは顔を真っ赤にして嬉しそうに笑った。

――夫婦関係も良好だわ。

こんなに幸せな新婚生活を送れていることが、いまだに信じられない。

甘えることは苦手だけれど、ヴィルには自然と寄りかかることができる。ヴィルが自分を取り繕うことをしないから、フェリアも素の自分でいられるのだ。

――夜のほうは……まだ触れ合うだけだけれど。

つい心のなかでため息をつきかけて、慌てて首を横に振る。

――焦っても仕方がないでしょう、フェリア。

軽く微笑んで、ヴィルの節くれ立った指に、自分の指を絡めた。

ただでさえ赤いヴィルの顔が、さらに茹だったようになる。

緊張に強ばる体に、フェリアはさらに寄りかかった。

こうしてゆっくりお互いの存在に慣れていこうと話し合ったのだ。

欲張りになりそうな自分を諫めていると、ヴィルが「そ、そうだ！」と上ずった声を上げた。

「近々！　丸一日休みが取れそうなんだ。どこかへ出かけないか？」

「もちろん、嬉しいわ！」

ぱっと顔を輝かせて、彼の提案に頷く。

少し前からヴィルが隊長を務める第五部隊が急に忙しくなり、休日が思うように取れないのだという。

そのため、フェリアはヴィルとまだ丸一日共に過ごしたことがない。

満面の笑みで喜ぶと、ヴィルはしばらく幸せを噛みしめるようにしてから、照れた様子で首に手を当てた。

「だから……その、どこかフェリアが行きたいところがあれば……！」

「私の行きたいところでよいの？」

「もちろんだ！　何なら海でも、山でも！」

フェリアの手をぎゅっと握って言うヴィルに、フェリアは思わず笑い声を漏らした。

日帰りで行って帰れる場所に海や山の観光地はない。でもフェリアが望めば、きっと彼は何としてでも連れていってくれるのだろう。例えばフェリアを負ぶったまま走れば、彼なら可能かもしれない。

「では……私、ヴィルの服を仕立てに行きたいわ」

「オレの？」

「ええ。以前の礼服、ご自分でも窮屈だと言っていたでしょう？」

フェリアを初めて迎えてくれた日のヴィルの礼服は、パツンパツンだった。

ヴィルもそれを思い出したようで、顎に手を当てて「しかし……」と言った。

「初めて夫婦で過ごす休日に、オレの用事をすませるというのも……」

「私が、ヴィルと一緒に服を仕立てたいの」

本心からの言葉だった。

近頃フェリアは、ヴィルの身だしなみを整えることにやりがいを感じていた。

なにしろこの夫は、少し髪型を整えたり、シャツの肩の位置を正したりするだけで見違えるほど格好良くなるのだ。せっかくだから、彼にぴったり合うお洒落《しゃれ》な服を仕立てたい。

「以前、ヴィルが礼服を仕立てたお店をお義母様に教えていただいたのよ」

数日前に領地に帰っていたサリーのことを思い出しながら言えば、ヴィルは節くれ立った指で頬をかき、頷いた。

「ありがとう、フェリア。オレはそういうことに疎いから、君が選んでくれるなら、嬉しい」

どこか申し訳なさそうにヴィルが微笑んだ。


そして休日を迎えると、フェリアたちはいつものように朝から仲良く走り、腹筋と背筋をしてから、汗を流して服を着替え、仕立て屋へ向かう馬車に乗り込んだ。

二人とも今日は少しよそ行きの格好で、ヴィルは白いシャツにベストを身につけ、ズボンも折り目の入ったものを穿いている。もちろん裾に汚れも跳ねていない。

フェリアのほうは明るい青色のドレスだ。肩には白いネッカチーフ。ウエストラインの高い、膨らみのあるスカートには白い糸で花の刺繍が入れられている。

――清々《すがすが》しいわ……。

朝から運動をすると、心身共に爽やかな気持ちになる。

太陽に向かって「おはよう！」と声をかけたい気分だ。

だが反面、隣に座るヴィルはどこか浮かない顔だった。

「……もしかして、服を仕立てに行くのはお嫌でした？」

フェリアが心配して声をかけると、ヴィルは慌てた様子で「そうではない！」と首を横に振った。

「ただ仕立て屋に行くのは久しぶりで……それも前に行った時は母と一緒で、生地やらを選ぶのにオレはさっぱり良いものが分からず……母に恥をかかせてしまったのだ」

聞けば、前回仕立て屋へ行ったのは騎士団に入団してすぐの頃、あの礼服を仕立てた時だという。

王都にある仕立て屋――貴族が使うような高級店といえば、上流階級の援助を受けた職人が開いているもので、どこも店構えは立派で、また驚くほどお洒落だ。昨今は単に衣装を仕立てるだけでなく、ちょっとした装飾品等も置かれていて、そこへ行けば流行の品が纏めて手に入るということでも重宝されている。王都外に住む貴族にとっては、一種の観光地だ。

ヴィルが入団のために王都へ来てすぐの頃、サリーに『せっかくだから噂のお洒落な仕立て屋に行ってみましょうよ！』と誘われたらしい。

「もちろん！　前回と同じ轍《てつ》を踏まぬよう、しっかりと勉強はしてきた！」

ヴィルはそう言うと、胸元からメモを一枚取り出した。

そこにはみっちりと仕立ての専門用語が書かれている。

フェリアに恥をかかせないように、忙しい仕事の合間を縫って勉強してくれたのだろう。

――そんなことがあったなんて。

ヴィルの表情にもっと注意を向けていれば、彼が前回の服の仕立てで不愉快な思いをしたと気付けたかもしれないのに。

夫婦になって初めてのデートに浮かれて、つい先走ってしまった自分が情けない。

今日の店も馴染《なじ》みがあるほうがいいだろうと深く考えずに決めてしまった。

――今からでも店を変えたほうがいいかしら。

探せば、もっと気取らない良い店は他にあるだろう。

だが店にはもうすぐ着いてしまう。

何より、ヴィルは今日に備えて勉強してくれたのだ。

その努力と熱意を無駄にするのも違う気がする。

間もなく馬車は店の前についた。華やかなショーウィンドウを備えた見るからに高級な店だ。

フェリアは軽くドレスの飾りの位置を直してから馬車を降りた。

――ヴィルに楽しく服を仕立ててもらいたい。

そう思うと、自然と気合いが入った。

幸いフェリアは、侯爵家の人間に嫁ぐ予定だったこともあり、こういう店での振る舞い方も教育を受けている。

まず出迎えてくれた従業員の男性に優雅に視線を向ける。

すると彼はハッとした表情でヴィルとフェリアを交互に見、それから慌てて頭を下げた。

「ヴィル・ハーバー様でいらっしゃいますね！　ようこそいらっしゃいました！」

フェリアはゆったりと礼を述べると、緊張でカチコチになったヴィルのエスコートを受けて扉をくぐった。

シャンデリアが照らす店内は華やかで、棚にはずらりと流行の小物が並んでいる。

奥からすぐに担当者である仕立て屋の男性が出てきて、フェリアたちに頭を下げた。

ひとまず丁重に迎え入れられたようで、ほっと胸を撫で下ろす。商談用の個室へ向かう途中、フェリアはちらっと店内を見渡した。貴族御用達《ごようたし》の場所ゆえに知っている顔に会うことも覚悟していたが、ちょうど他に客はいないようだ。嫌な思いをせずにすむなら、それに越したことはない。

「ようこそいらっしゃいました、今回はヴィルさまの衣装の仕立てということで……」

個室に入ると、仕立て屋はフェリアたちにビロードのソファを勧め、自らは向かいの肘かけ椅子に腰かけた。ヴィルがぎこちなく頷く。

「あ、ああ……数着頼みたい」

礼服が一着だけというのは心許《こころもと》ないので、今回は何着か仕立てようと事前に決めていた。

仕立て屋の男性がテーブルにカタログを広げ、生地見本と合わせて説明をしていく。

「ではまず、こちらはいかがですか？　いま流行のデザインで、生地はこちらのエンテオンス製のブロードが合うかと……」

専門用語が並び始めると、ヴィルは胸元から誇らしげにメモを取り出した。しかし会話をしながら慣れない用語をメモで追うのは容易なことではない。

「なるほど！　えんれおんすせいの！　ぶろ！　なるほど……ぶろ……！」

フェリアはそこまで黙ってやり取りを聞いていたが、夫の額に汗が浮かび始めたのに気付き、膝の上でぎゅっと拳を握った。

——私がしっかりしなくては。

自分が率先して話せばいいのだ。彼に恥をかかせないように。

フェリアなら生地のことや、仕立ての専門的な言葉も少しは分かる。

フェリアが口を出せば、すんなりと話が進むのかもしれない。

だけどそれでは、ヴィルは楽しくないのではないだろうか。

——だけど……本当にそれでいいのかしら。

フェリアはちらっと視線を隣へ向けた。

——せっかくの初デートだもの、ヴィルともっと楽しみたい。

何より、ヴィルに楽しんでもらいたい。

脳裏にハーバー夫妻の顔が浮かんだ。領民のためと体を鍛えるサリーと、一緒に走るジョナサン。

そして誰に言われたわけでもなく、毎日王宮と自邸の間を走っているヴィル。

フェリアはそんなハーバー家の——ヴィルの姿に憧れて、自分も走りたいと思った。

自分が〝良い〟と思うことをしようと決めたからだ。

「ねえ……ヴィル。私、あなたが実際に色んな衣装を着ているところを見てみたいわ」

微笑むと、ヴィルが顔を赤くして「え？」と言った。

「……ダメかしら？」

「だ！　ダメなわけがない！　君の望みならオレは何だって！　何着だって着てみせる！」

「良かった」

フェリアはほっとして微笑むと、仕立て屋に向き直った。

「そういうことなのだけど、試しに夫が着てみられる衣装はあるかしら？」

気取らず訊ねると、仕立て屋はすぐに意図を察したようで、にこりと笑って頷いた。

「もちろんでございます。少々お待ちを……」

仕立て屋はそう言うと一度部屋を出て、まずは針子の女性を二人呼んできた。

そしてヴィルの簡単な採寸をした後、何着か既製品の衣装を持ってくる。

実際の衣装は生地から仕立ててもらうつもりだが、デザイン画や生地の説明を受けるより、実際に着てみたほうがヴィルはやりやすいはずだ。

そのうちの一着、シンプルなデザインの黒い上着をヴィルに羽織らせたところで、針子の二人が感嘆の息を漏らした。

「とてもよくお似合いです」

「本当に！　肩幅がおありですから、こういった上着を着ると映えますね」

褒められて、ヴィルが照れたように笑う。

フェリアは「そうでしょう！」と叫びたくなるのを必死に堪えた。

「私もそう思うわ！　ねえ、ヴィルはこの衣装はどう？」

「うん？　ああ……良いと思う！　意外に動きやすい」

軽く腕を回しながらヴィルが頷いたので、次は全身を合わせてみる。

黒い上着に、すらりとしたシルエットのズボン。ベストは赤で合わせてみると、それだけで見違えるように格好良くなる。

針子の一人が言ったように、ヴィルは鍛えているから体格が良いし、手足も長い。

初めて舞踏会で見た時も感じたが、こういったかっちりとした衣装がとてもよく似合うのだ。

「素敵だわ……」

うっとりと感想を呟くと、ヴィルが嬉しそうに首に手を当てた。

「フェリアがそう言ってくれるなら、一着はこれにしようか」

「ええ！　ベストに刺繍も入れてもらいましょう、華やかになってヴィルの赤い髪にも似合うと思うの」

生地もいま着ているのと同じもので仕立ててもらうと決め、その調子で残りの衣装も注文していく。彼が衣装を着替える度に、フェリアの胸はこれ以上なくときめいた。

――やっぱり、ヴィルはとても格好良い人だわ。

彼のもっとも素敵な部分はその熱い心だが、容姿だってやはりとても整っている。

「とても素敵な旦那さまですね」

針子の女性にも褒められて、心にあたたかいものが満ちていく。

嬉しい。とても、とても嬉しい。

自分を褒められることよりずっと、ヴィルを褒められることのほうが嬉しかった。

仕立ての依頼を終えて店を出ると、二人はすぐに馬車へ戻らず、歩いて近くの広場へと向かった。

「賑《にぎ》やかね」

隅に置かれたベンチにヴィルと並んで腰かけ、広場を見渡す。

大通りが三つ交差するこの場所は、王都でも人気な名所の一つだ。中央には女神の彫像が置かれた大きな噴水があって、それを中心に足下の赤いタイルが波状に広がっている。

周りの建物にはオーニングを張り出したが店がずらりと並び、華やかだ。

行き交う人も様々で、噴水の周りで語らう恋人たちに、店の前を走り回る子供と見守る親。なかには貴族らしき装いの者も多い。

「さっきはありがとう、フェリア」

広場の風景を楽しんでいたところに声をかけられて、フェリアは「え?」と振り返った。

「おかげでオレにもどういう服を仕立てるのかよく分かったし、何というか……楽しかった!」

褐色の瞳を細めてヴィルが笑う。フェリアははにかんで視線を揺らした。

「私が、ヴィルと一緒に仕立てを楽しみたかったの」

ヴィルが喜んでくれたことが嬉しい。少しでしゃばりすぎたかと心配していたのだ。

だがほっとしたところで、ヴィルが軽く肩を丸めた。

「本当に……フェリアはオレにはもったいない女性だと思う」

そう言って形の良い眉を下げてから、すぐに大きく頭を振る。

「いや！　次こそは、君に良いところを見せられるように努力する！」

ヴィルには良いところしかないから、フェリアは一瞬、彼が何を言っているのか分からなかった。

けれどすぐに彼が用意していたメモのことを思い出し、胸がきゅっと苦しくなる。

——ヴィルは、私に良いところを見せようとしてくれていたんだわ。

仕立て屋でフェリアに恥をかかせたくないというのはもちろんのこと、ヴィルは妻に格好をつけたかったのだ。

彼がそういう気持ちを持ってくれていたことが嬉しく、胸がくすぐったくなる。

同時に、彼がいまがっかりしているだろうことが悲しかった。

「あなたは素晴らしい人だわ、ヴィル」

彼の逞しい腕に触れ、顔を覗き込む。

いつも太陽のように熱く煌めいている瞳には、若干の陰りが見える。

それがもどかしかった。

「私だけでなく、どんな女性だって、あなたにもったいないなんてことはない。私が世界でもっとも尊敬して、憧れている人」

彼を励ましたいというよりも、それをヴィルに知って欲しかった。

「フェリア……」

「ヴィル、あなたは素晴らしい人。誰より素敵で、格好良い、私の英雄。あなたの妻になれて、私……とても幸せだわ」

心からの言葉を伝えると、ヴィルは褐色の目を僅かに見開き、それから首に手を当てて笑った。

「ありがとう……フェリアにそう言われると、腹から自信が湧いてくる気がする」

「なら私、これからも何度だって言うわ」

「ありがとう。オレは……オレも、君と結婚できて幸せだ。とても」

ヴィルはくしゃりと相好《そうごう》を崩すと、「そうだ」と思い出したようにポケットを探り始めた。

「フェリア……よかったら、これを」

彫刻が施された小箱を手渡され、フェリアは瞳を輝かせた。

「私にくださるの？」

「ああ、さっきの店で買ったんだ。喜んでもらえるといいのだが……」

ヴィルからのプレゼントなら、何だって嬉しいに決まっている。

——いつの間に買っていたのかしら、全く気付かなかったわ。

驚きと喜びにフェリアは胸をときめかせた。

「開けていいかしら？」

訊ねれば、緊張した面持ちで彼が頷く。

そっと蓋を開くと、赤いベルベットの上にシルバーのネックレスが見えた。飾りの紫色の宝石は、アメシストだろうか。

「素敵……」

「良かった！　その宝石が、フェリアの瞳の色だと！　そう思って……！」

うっとりと呟くフェリアに、ヴィルが赤い顔でそう言った。

ここで自分の色ではなく、フェリアの色を選ぶところがいかにもヴィルらしい気がして、思わず頬が緩んだ。

「嬉しい……ねえ、つけてもらってもいい？」

つるりとした宝石の縁を指で撫でながら訊ねると、ヴィルが「え⁉」と声を漏らした。思ってもみなかったという顔だ。ヴィルはパッと自分の両手を開いて見つめ、それからゴシゴシとズボンで手のひらを拭いた。

節くれ立った逞しい指で、ネックレスを慎重につまみ上げる。

フェリアが背中を向けて軽く頭を下げると、ヴィルがそれを首にかけた。その手は僅かに震えている。

彼の緊張が伝わってきて、フェリアの心臓まで破裂しそうだった。彼の指が肌に触れては離れる。膝の上で重ねた手を組み替えて、フェリアは彼がネックレスの留め具を合わせるのを待った。

「できた……と思う！」

たどたどしい手つきでネックレスをつけ終わったヴィルが、ほっとした様子でそう言った。

フェリアは首にかかったシルバーを指で撫で、冷たい感触が肌に馴染むのを待ってから、ヴィルを振り返った。

「ありがとう、ヴィル……似合うかしら？」

にこりと笑って振り返ると、ヴィルは茹で上がったような顔で「とても！　似合っている！」と大きく頷き、それから腕で顔を覆って泣き始めた。

「どうしたの⁉」

「憧れていました！　こういうの！」

突然泣き始めた大男に、周りの人が気付いてぎょっと見つめる。

フェリアは慌てて彼の肩をさすったが、感動は収まらないようだった。

「せっかくでありますのでっ！　何か！　んぐっ！　店で軽食などを買って参ります！」

自分でも少し頭を冷やしたほうがいいと思ったのだろう。途中で鼻水をすすりながら、ヴィルが立ち上がった。

フェリアはつい笑ってしまってから、口元を手で隠して「ええ、お願いします」と頷いた。

少しの間一人になるが、店はどこも見える範囲にあるし、広場には警吏もたくさんいる。

そもそも王都は治安が良く、フェリアたち以外にも供を付けずに歩く貴族も多い。

ヴィルも「待っていてくれ」と言うので、フェリアは頷いて彼を見送った。

それからネックレスを指で撫でて、はにかむ。とても嬉しい。

何より、首につけてもらう時のなんとも言えない時間を、フェリアはきっと生涯忘れないだろうと思った。

――礼服が出来上がるのも、とても楽しみだわ。

ヴィルが走っていく後ろ姿を見つめながら思う。

背が高く、手足も長い。鍛え上げた見事な体軀に、今回仕立てた服はぴったり合うだろう。

いったいどれほど素敵だろうかと想像を巡らした時、どこからか女性の叫び声が聞こえた。

「……何？」

思わず立ち上がって周囲を見渡す。

声は大通りからしたようだ。フェリアが座っているベンチから近い通りだ。

広場にいる人も、立ち止まって声のほうへ視線を向けている。警吏が数人、通りへ走っていくのが見えた。

どうもただごとではなさそうだ。

続けて男たちの怒声まで聞こえ、フェリアは急いでヴィルの姿を探した。

「ヴィル……！」

彼の姿はすぐに見つかった。

人混みのなかで、やはり視線を大通りへ向けている。フェリアは急いで彼に駆け寄ろうとして
——すぐ近くの店先で、十歳頃の少年が店主と思わしき男に腕を摑まれているのに気付いた。

「この野郎、売り物に何をしやがる！」

店の前ではカートが倒れ、商品であろう菓子が散らばっている。

混乱に驚いた少年がぶつかったか、はたまた盗もうとして失敗したか。

店主は拳を振り上げ、いまにも少年を殴ろうとしていた。

「待って！」

フェリアは咄嗟に声を上げてそちらに駆け寄った。

「なんだ、お前は……！」

店主にすごまれて体が竦む。

――怖い……だけど。

自分が引いてしまえば、店主の拳はすぐにでも子供に振り下ろされるだろう。

――自分が〝良い〟と思ったことをするのよ、フェリア。

ヴィルならきっと、子供が殴られるのを見て見ぬ振りはしない。あの日――舞踏会で自分が助けてもらったように、いま自分も立ち向かうべきだと思った。

「どのような理由があれ、子供に手を上げるものではありません！　この子が悪いことをしたというのなら、まずは警吏を呼ぶべきではありませんか？」

勇気を振り絞ってそう訴える。

フェリアはちらと少年に視線をやった。格好からして靴磨きだろう。広場での物乞いは禁止されているが、裕福な客目当てに親のいない子供が靴磨きや小物を売りに来ているのだ。

少年が、不安そうに震えながらこちらを見上げる。

フェリアは「大丈夫よ」と頷くと、緊張に顔を強ばらせて店主へ視線を向けた。

それが店主には睨んでいるように思えたのだろう。さらに逆上した様子で声を荒らげた。

「うるさい！　こいつに店の大事な商品をぶちまけられたんだ！　弁償もできねえっていうんだから、殴るでもしないと気がすまねえだろうが！」

「そ、それならば、なおさらその子に手を上げるのは間違いです。わざとではないのでしょう」

少年の腕を掴んで背中に庇おうとしたが、店主もムキになっていて手を離さない。

――ああ……冷静に話し合いたいのに。

少年が痛みを感じないように力を緩めた瞬間に、店主が向こうから腕を引っ張るものだから、フェリアはそこでバランスを崩してよろけてしまった。

「あっ……」

その時、黒い外套《がいとう》を纏った女が背後から走ってきて肩がぶつかった。互いに当たりどころが悪く、そのまま一緒に地面に倒れ込んでしまう。

「あ、ごめんなさい！」

痛みは感じない。彼女を下敷きにしてしまったのだ。

そのことに気付いて、フェリアは慌てて謝った。女は外套のフードを被っており、うつ伏せになっているのもあって、顔は分からない。だが、僅かに白金色の美しい髪が見えた。

――この髪の色って……。

どこかで見覚えがある気がして、フェリアは眉を寄せた。

「……あなた」

「この女が、〝悪役令嬢フェリア・カーデイン〟よ！」

フェリアの言葉を遮るように、女が叫んだ。

――え？

思いがけないことに、それが自分の名前だとすぐに気付けなかった。

話題の〝悪役令嬢〟の名前に、周囲が一気にざわついた。

「悪役令嬢って……あの⁉」

「ほら、いま話題の小説に出てくる悪役の」

「あれって実話なんでしょ？　記事を読んだわ……」

「じゃあ、あの人が？　嘘！　本物の⁉」

店主との揉め事を遠巻きに見ていた人たちが次々と声を上げ、波紋のように広がっていく。

なぜ彼女が自分の名前を呼んだかを疑問に思うより、久しぶりに感じた敵意に、フェリアはまずたじろいだ。

社交界から離れ、優しい人たちに囲まれて、自分が『嫌われ者』であったことを、最近は忘れていられた。王都に住んでいたって、こうして普通にデートだってできる。そんな風に考えていたところに、冷や水を浴びせられたような気がしたのだ。

「ち、ちが……私は……」

否定しかけて、口をつぐむ。

敵意を持っている『集団』に何を言っても無駄だということを、フェリアはすでに身をもって知っている。

「……どいて！」

フェリアの体を押しのけて、女が立ち上がる。

どさくさに紛れて逃げようとしているのだ。フェリアはハッと我に返って、後ろから彼女の腕を掴んだ。女が舌打ちをして「離して！」と声を荒らげる。

「あなたは誰？　どうして私を知っているの！」

女は俯いて振り返ると、肩をぶつけてフェリアを突き飛ばした。そして女性とは思えない強い力でフェリアの腕を振り払う。フェリアはよろけて尻もちをつき、女は背中を向けて走り去った。

「待って！」

空から男が降ってきたのは、その時だった。

――空から男が降ってきた？

自分が見た光景が信じられず、大きく二度見した。

正確には見知らぬ男が一人、自分たちの頭上を飛んでいき、いま走って逃げ出した女にぶつかった。蛙《かえる》が潰れたような声を上げて、女が男の下敷きになる。

「いったい、何が……」

「大丈夫か⁉　フェリア！」

呆然としていたところに、背後からヴィルの声が聞こえた。振り返ってその顔を見ると、フェリアは安堵のあまり全てのことが解決したような気さえした。涙を浮かべて、彼の胸のなかに飛び込む。

「ヴィル！」

「遅くなってすまない！　悲鳴が聞こえたので大通りへ様子を見に行き、こちらに駆けつけるのが

ろう。

ヴィルは言った。それは、フェリアから揉めごとに首を突っ込みさえしなければその通りだっただ

騒動は大通りで起こっているようだから、広場にいればフェリアに危険はないと判断したのだと

遅れてしまった」

「私は大丈夫……それより、いま男の人が空から飛んできたようなのだけど……」

振り返って男と、その下敷きになっている女を見る。

どうしてああなったのか想像がつかない。

「うん……大通りに入ってすぐのところで、いかにも怪しい男たちを見つけたんだが……」

ならず者の風貌をした数人の男は、誰かを追いかけている様子だった。ヴィルは呼び止めて事情

を聞こうとしたが、肩を摑んだところでいきなり殴りかかってきたのだという。

仕方なく戦闘になったが、すぐに今度は広場からフェリアの名前が聞こえてきた。

ヴィルは戦闘中、たまたま男を投げ飛ばす手前だったので、その格好のまま広場に戻ると、フェ

リアが誰かを呼び止めていた。

ちょうど良かったので、肩に担いでいた男をこちらに投げて寄越したのだという。

――大通りからここまで、ヴィルが男の人を投げたというの⁉

フェリアは目を見開いて、広場と大通りが連結しているところを見つめた。

そこから、あの女が倒れている場所までかなり距離がある。

いったいどんな筋力なのか。

「しかし女性だったとは……咄嗟のことだったとはいえ、手荒なことをしてしまったな」

呻いている外套の女に視線を向けて、ヴィルが困ったように顎を撫でた。

「フェリア、あの女性は？」

「……分からないの。ただ、私の名前を知っていたわ」

首を横に振ると、ヴィルが「そうか」と褐色の瞳を細める。

フェリアは状況の混乱に紛れて、先ほどの子供に「逃げなさい」と小声で告げた。弁償が必要ならフェリアが肩代わりすればいい。さほど大きな金額にならないだろうし、ヴィルも怒らないだろう。

子供が「ありがとう、ごめんなさい」と礼を言って、走り去っていく。それにほっと胸を撫で下ろしたところで、ヴィルが外套の女に歩み寄った。

「すまなかった、大丈夫だろうか？」

気遣うように彼女に声をかける。

するとヴィルの接近に気付いた女性が、もがくように男を押しのけつつ声を張り上げた。

「〝悪役令嬢フェリア・カーディン〟に襲われているの！　誰か、助けて！」

「何を……」

ヴィルが足を止め、心配そうにこちらを振り返る。

同時に、先ほど揉めた店主が腕組みをしてフェリアに鋭い眼差しを向けた。

「あんた、さっき『フェリア』と呼ばれて返事をしていたな。本当にあの『フェリア・カーディン』

なんじゃないのか？」

「それは……」

「フェリア・カーデインは、小説通りのとんでもない奴だって言うじゃねえか。人を陥れるためなら何だってするんだろう？　あの子供だって、お前がけしかけたんじゃないのか⁉」

「違います、私はそんなことしていません！」

フェリアはきっぱり否定の言葉を口にした。

あまりの言いがかりに、目に悔し涙が浮かぶ。自分は何一つ悪いことをしていないのに、なぜここまで悪《あ》し様に言われなくてはならないのだろう。

——泣いてはいけないわ、フェリア。

堂々と胸を張って、顔を上げていなければ。

社交界で噂の標的になっていた時も、そうやって一人で矜持を保ってきたのだ。

けれど、いま、自分のせいでヴィルの評判まで落としてしまうかもしれないと思うと、どうしようもなく怖かった。

店主がカッとした様子で、フェリアの腕を摑もうとする。

その時、フェリアの背後から逞しい腕が伸びてきて、店主の手を摑んだ。

「フェリアは『悪役令嬢』などではない」

静かな声だった。

振り返れば、ヴィルは真剣な表情でまっすぐに店主を見つめていた。

「彼女はオレの妻で、とても心優しい女性だ。決して『悪役令嬢』などではない、彼女へ謝罪して欲しい」

ヴィルは怒鳴らない。

だが自分よりはるかに体格の良い男に冷静に諭され、店主があからさまに怯んだ。

「だが、この女が先に……！」

「妻がもし貴君に何かしたなら、それは謝ろう。弁済が必要なら責任も持つ。だがそれと妻を中傷したことは話が別だ。謝って欲しい」

ヴィルがきっぱりと言い切る。

その姿に、いつかの舞踏会での姿が重なった。

——ヴィル……。

フェリアは目に涙を浮かべて夫を見つめた。胸が締めつけられたように苦しい。そうだ、自分はずっと一人だったわけではない。あの時だって、ヴィルがフェリアを助けてくれた。

「ヴィル」

名前を呼ぶと、ヴィルがちらとこちらを振り返って安心させるように微笑んだ。

それからぐるっと周囲の聴衆を見渡す。

「フェリアは『悪役令嬢』などではない！」

ヴィルが声を張り上げる。

広場中の空気が振動するような大きな声だった。

人々が「何ごとか」と囁き始める。ヴィルはフェリアの腕を引き、背中に庇うようにすると、再び大きく口を開いた。

「彼女は、オレの愛する妻であります！　とても優しく！　思いやりがあって！　慈愛深い！　まるで女神のような女性です！　オレのような男にも、心からの愛情をくれる！　オレも、彼女を心から愛している！」

どん！　と力強く拳で胸を叩く。

「フェリアはオレの！　最高の妻です！　決して悪役令嬢などではありません！」

その拳を天に突き上げてそう叫ぶと同時に、聴衆たちのざわめきが止《や》んだ。水を打ったような沈黙の後、響いたのは笑い声だった。「すごい愛の告白ね」「羨ましいわ」「いいぞ！　旦那さん」そんな声も聞こえ始める。周囲の空気が一変したのを感じて、フェリアは両手で口を押さえた。

『オレは、国中を走り回ってでも、フェリア殿の悪評とやらを払拭してみせます！』

プロポーズの時の、彼の言葉が脳裏に蘇る。

ヴィルは嘘をつかない。いつだって本気の言葉しか口にしない。だからきっと、彼の言葉は胸に響くのだ。フェリアの声では届かないところまで、彼の声なら届く。

「ありがとう……ヴィル」

声を震わせると、ヴィルは振り向いて、フェリアの顔を覗き込んだ。そして優しい声で「当然のことを言っただけだ」と告げる。

フェリアは彼の胸にしがみついた。そのままぎゅっと抱きしめられることを期待したが、ヴィル

は顔を真っ赤にして両腕をわたわたと動かした。そんなところも好きだから、それで構わない。

「その……申し訳なかった」

ヴィルの熱意に絆《ほだ》されたのか、周りの空気に呑まれたのか。

先ほどの店主が、そう頭を下げた。

「店の売り物をダメにされてカッとなって」

「……いいえ、もういいわ。私も、もっと冷静にあなたの話を聞くべきだったと思います。申し訳ありませんでした」

フェリアが首を横に振ると、ヴィルが一歩前に出た。

「事情を知らぬまま割って入ってしまったが、妻が何かを壊したのだろうか？　弁済なら……」

「ああ……いや、そうではなく」

ヴィルと店主が会話をし始める。フェリアもあらためて話をしようと口を開きかけ――ハッと思い出して外套の女を振り返った。

「あ……」

だがしかし、そこにもう女の姿はない。

ヴィルに投げられた男が一人、気を失って倒れているだけだ。

――いったい、誰だったの？

女はフェリアの顔を知っていた。貴族だろうか。いや、それならこんなところを一人で走っていることはないだろう。

胸騒ぎを感じて、ヴィルの服の裾を摑む。

声が聞こえたのは、その時だった。

「これはなんの騒ぎだ……」

男が一人、大通りのほうからこちらに向かって歩いてくる。

鮮やかな銀色の髪に、青い瞳。フェリアは彼をとてもよく知っていた。

息を吞むフェリアの横で、ヴィルが軽く首を傾げた。

「アルフレッド」

「……ヴィル？」

アルフレッドがこちらに気付き、形の良い眉を寄せた。

職務中ではないのだろうか。彼は私服に、フードのついた白い外套を纏っている。

「フェリアも一緒か。……君たち、こんなところで何をやっている」

「……あなたこそ」

彼への苦手意識から、フェリアはつい後ずさってヴィルの裾を摑む力を強めた。

それに目ざとく気付いたアルフレッドが、ふっと鼻で笑う。

「そうだったな、君たち……結婚したんだったな。とてもお似合いだと思うよ」

「ありがとう、アルフレッド。おかげでオレはとても幸せだ。今日も二人で、で、デートを！　していたところだ！」

明らかに馬鹿にした口調のアルフレッドに、ヴィルはさして気にした様子もなくそう答えた。

「それより、お前はどうしてここにいる？　団長も一緒のようだが、二人とも格好からして非番だろう」

ヴィルはそう言うと、すっと騒動が起きていた大通りのほうへ視線をやった。

——団長？　近衛騎士団の？

つられてフェリアがそちらを見ると、確かに体格の良い男が一人、遠巻きにこちらを見ている。

一瞬、ヴィルの上司に挨拶をすべきかと呑気《のんき》なことが脳裏をよぎったが、そんな場合でも雰囲気でもない。

「大通りにいたゴロツキたちは、アルフレッド……お前の知り合いか？」

いつになく厳しい声で訊ねるヴィルに、アルフレッドはちらと団長を振り返った。数秒、目線を交わしてから口を開く。

「ああ、あちらの通りで倒れていたな。もちろん知り合いではない。ぼくと団長は極秘の任務で、あいつらを追っていたんだ。もう一人……あやしい女が逃げてこなかったか？」

今度は、フェリアとヴィルが顔を見合わせる番だった。

「黒い外套を着た女なら、広場に走ってきた。事情を聞く前に逃げられてしまったが」

アルフレッドが「そうか」と肩を竦めた。

「それならいい。あの男たちは、ぼくと団長で取り調べる。ここは預けてもらうよ、ヴィル」

「ああ、構わない。オレはたまたま居合わせただけだ」

「ヴィル……」

あの男たちを倒したのはヴィルなのに、これではアルフレッドたちの手柄になるのではないか。

不服に思って名前を呼ぶと、ヴィルは困ったように笑みを浮かべた。

「団長はオレの上司だ、命令には従う義務がある。そもそも王都の警護はオレの管轄ではないから、取り調べる権限もない。アルフレッドたちが追っていたというなら、任せるのがいいだろう」

そう言われてしまうと、何も反論はできない。

「どうも騒がしくなってきた。……帰ろうか、フェリア」

赤い髪を手で乱しながらヴィルが言う。

あの女が何者か――聞きたいと思ったが、どうせアルフレッドは教えてくれないだろう。

フェリアが「ええ」と頷くと、ヴィルは先ほどの店主にあらためて声をかけた。身分を明かし、弁済等の話をするために人を寄越すことを約束する。

去り際に、フェリアは一度だけアルフレッドを振り返った。

――アルフレッド？

隊長の隣で、アルフレッドは青い瞳をじっとこちらへ向けていた。

フェリアは慌てて視線をそらしたが、この広場から去るまでずっと、彼の視線は背中に刺さり続けていた。


「ヴィル……今日は本当にありがとう」

夜、寝室でヴィルと二人きりになると、フェリアはあらためて昼間のことを感謝した。

ベッドの上に並んで座り、厚みのある肩にもたれかかる。

「あなたが広場で私を庇ってくれたこと、本当に嬉しかった」

「オレのほうこそ……フェリアに感謝している。仕立て屋では本当に助かった」

ヴィルが、多少ぎこちない手つきでフェリアの腰を引き寄せた。

褐色の瞳を優しく向けられ、ぽっと頬を赤くなる。

「それにしても、大通りはあの後は大丈夫だったのかしら……」

「団長とアルフレッドがいたんだ、まあ……大丈夫だろう」

その答えに、フェリアは軽く唇を尖《とが》らせた。

結局、あの騒動がなんだったのか何一つ分かっていないのだ。

外套の女が誰だったのか、なぜ追われていたのかも。向こうが自分を知っていただけに、どうしても気になるし、不気味さを感じる。

ヴィルはさほど深刻に捉えていないのか、フェリアに「あまり気にするな」と繰り返すばかりで、それも少々不満だった。

――確かに、彼女も私の名前は咄嗟に出しただけという様子だったけれど……。

小さくため息をつくと、ヴィルがそっとフェリアの髪を撫でた。

節くれ立った指が、繊細そうに黄金色の髪をとく。くすぐったさを感じて、フェリアはヴィルを見上げた。

「その……フェリア、『特訓』を……いいだろうか」

熱のこもった瞳に見つめられて、胸がどきりとする。

それまでの憂いも忘れて、フェリアは顔を真っ赤にして頷いた。

「もちろん」

ヴィルが部屋の灯りを消して戻ってくる。

そしてベッドの上で向かい合い、互いの寝着を脱がし合った。

この『特訓』も始めてからもうひと月半になる。最後までは至っていないが、触れ合いにもだいぶ慣れてきたし、行為も進んでいる。

お互いの四肢に触れることから始まり、いまは――。

フェリアは生まれたままの姿になると、恥じらいつつ彼の膝の上に座った。

筋肉に覆われた硬い胸に、自分の胸を押しつけるようにして抱き合う。互いの肌がぴたりと合わさって、体温が馴染んでいく。それだけでピリリと痺《しび》れるような快感が全身を駆け抜けた。

うっとりと顔を上げると、ヴィルがフェリアの頬を両手で挟んでキスをした。

「……あ」

「フェリア……」

キスの合間にヴィルが名前を呼ぶ。

その隙にとフェリアが息を吸い込むと、開いた唇にヴィルがまた舌をねじ込んだ。

口内を執拗なほどねぶられ、すでに互いの唾液は糸を引いている。

「はあ、あ……ヴィル……も……う……」

まだ抱き合ってキスしただけなのに、フェリアの全身はじっとりと汗ばみ、股の間は痺れるように疼《うず》いていた。

キスの快楽に加え、どちらかが動く度に、フェリアの胸の先端が、筋肉の盛り上がった硬い胸に擦れるのである。そしてもう半刻もそれ以上の刺激を与えてもらえないものだから、はしたない期待だけがどんどんと膨らんでいってしまう。

彼の脚を自分の愛液が汚しているのに気付いて、フェリアはほとんど泣きそうな顔で、この先をねだった。

「……嫌だったら言ってくれ」

ヴィルは頷くと、キスをやめ、フェリアの胸の頂をぱくりと口に含んだ。芯をもって硬くなったその場所を、ころころと舌で転がすように愛撫する。

フェリアは顎をのけぞらせて嬌声《きょうせい》を上げると、彼の頭にしがみついた。

「あっ、いやなんて……んっ、嬉しい……嬉しいの……あっ」

ヴィルが触れてくれることが。ヴィルの与えてくれるものが、フェリアには全て嬉しい。

目に涙を浮かべてそう訴える。

するとヴィルは唸り声のようなものを上げ、フェリアをベッドの上に押し倒した。

「あっ……ああ……はっ、ん」

ヴィルが先ほどと反対の乳首を舌で愛撫しながら、もう片方の胸の膨らみを手で揉みしだく。

そこから生まれた快楽は、フェリアの全身を巡っていき、さらに熱を高めていった。

ヴィルは、フェリアの小さな乳首を心ゆくまでねぶると、耳や首筋、鎖骨に腹と次々に全身を口で愛撫していく。目の前がチカチカするほどに心地よいのに、決定的な快楽にならず頭がおかしくなりそうだった。

「ヴィル……ヴィル……っ」

フェリアはほとんど無意識に、彼の股の間にあるものを求め、そこに膝を擦りつけた。

けれどヴィルの〝自身〟は、いまだ力のないままだ。

「……すまない」

荒い息を吐いてフェリアの体を味わっていたヴィルが、突然しょぼくれた犬のように正座して項垂れた。

「オレは……オレという男は……本当にふがいなく……」

「だ、大丈夫……大丈夫、ヴィル！　気にしないで！」

フェリアも慌てて体を起こし、そう慰めた。

とはいえ、〝こういうこと〟はあまり気を遣いすぎても良くないらしいと、最近こっそり本で読んだところである。

「ゆっくりいきましょうと、話し合ったじゃない」

ぐっと拳を握ってそう言うと、ヴィルは「うん……ありがとう」と呟いた。

部屋が真っ暗なのでその表情までは見えないが、すさまじく落ち込んでいるのは間違いない。

――以前よりは、自然に触れ合えるようになったと思うのだけど……。

だがこうして快楽を分け合っていても、ヴィルの男性機能は反応しないままだった。

いや——正確に言えば、以前よりはずっと反応しているのだ。

フェリアは他の男性を知らないので比べようがないが、少なくともヴィルのそこはいま、何もしていない状態よりずっと大きく、硬くなっているように思う。

フェリアは「これなら夫婦生活を行えるのでは？」と感じるのだが、ヴィル曰《いわ》く「半分ぐらいしか機能していない。これでは挿入は難しい」ということらしい。

考えていると、フェリアのほうもなんだか落ち込んできて、しょぼんと肩を落とした。

「……やっぱり、私に魅力が足りないのではないかしら。もう少し……何か私も努力を……」

「違う！　フェリアに魅力が足りないなんてあり得ない！　オレは君の体を見ただけで興奮して鼻血が出たぐらいなんだ！」

「でも……」

説得力があるのかないのか分からない言葉に納得しかねていると、ヴィルがぐいっとフェリアの手を引き、その耳を自分の胸に押し当てた。

「フェリアが魅力的だから……オレは、まだどうしても緊張してしまうんだ。申し訳ないと思っているが、君に魅力がないというのでは……絶対にない」

真剣な声と、ヴィルの心臓が激しく動く音が、フェリアの鼓膜を揺らす。

「……オレの心臓の音がその証拠だ。信じてもらえるだろうか」

フェリアはこくりと頷いた。

「だけど……いつも私ばかり気持ちよくなって……申し訳ないわ」

頬を染め、恥じらいながら言うと、ヴィルは「馬鹿な！」と首を横に振った。

「君に触れているだけで、オレはまるで天国にいるように気持ちいいんだ。だから……フェリアが嫌でないなら、続けさせて欲しい」

「嫌じゃないわ。ヴィルに触ってもらえると、私……すごく幸せな気持ちになれるもの……んっ」

最後まで言い終えるより早く、ヴィルがフェリアの顎を摑んで上を向かせ、キスを落とした。

おさまりかけていた体の熱が、火にかけられたように再び高まっていく。

ヴィルが、口づけをしたままフェリアをベッドに押し倒す。そして股の間に手を伸ばし、濡《ぬ》れた割れ目に指を這《は》わせた。

「あっ」

直接的な刺激に、フェリアの体がびくりと跳ねる。

ヴィルはしっとりとした場所の具合を確かめてから、節くれ立った長い指を、泥濘《ぬかるみ》のなかへ埋めていった。

「あっ、あ……やっ……」

長い時間焦《じ》らされた体が、与えられたものに悦《よろこ》び、震えている。

ヴィルの指がさらに奥へと入ってくるにつれ、フェリアの下半身に力がこもり、足の指先はシーツにしわを作った。

「ああ……熱い、オレも……本当は、オレも早く、君のなかに入りたくて堪《たま》らないんだ……」

ヴィルが低い声で囁いて、汗の滲んだフェリアの首筋に口づける。

「フェリアは……どこもかしこも、本当に綺麗だ。肌は白くて……腰など、力を込めると折れてしまいそうなほど細くて……オレは怖い」

指を呑み込む隘路《あいろ》から、濡れた音が響き出す。

ヴィルが抽挿を始めたのだ。狭い場所を広げるように愛撫され、フェリアは身をよじって快楽を訴えた。

ややすると、ヴィルが指を抜き、体を下にずらして、フェリアの股の間に顔を近づけた。

「……何？」

そんな場所に顔を近づけられるのは初めてのことだ。

彼が指を抜いてしまった寂しさを感じる余裕もなく、フェリアは驚いて脚を閉じようとした。

だがヴィルは、フェリアの太ももを両手で摑んでそれを遮ってしまう。

「昔……上官の世間話で、女性はここを口で愛撫すると悦びを感じるのだと聞いたことがある」

「口で……って、待って、ダメ。は、恥ずかしいし、汚いわ……！」

「フェリアに汚い場所などない」

その前の「恥ずかしい」というところもしっかり聞いて欲しかったのだが、フェリアが訴える前に、ヴィルは濡れた秘裂に舌を這わせてしまった。

「ああ……っ」

つま先から、頭の天辺《てっぺん》までを、すさまじい快楽が一気に貫いていく。まるで雷が落ちたようだと思った。

「あ、そんな……だめ、ヴィル……あっ……」

言葉とは裏腹に、フェリアの声は「もっと」とばかりに甘く、腰は続きを欲しがってはしたなく揺れていた。

ヴィルもそれを分かって、止めることをせずに舌での愛撫を続ける。

あたたかな舌がその場所に入り込み、時に浅い場所を舐《な》め、時に深い場所をつつき、フェリアを快楽の渦へ引き込んでいく。

フェリアは筋肉の隆起した肩をすがるように摑み、嬌声を上げ続けた。

やがて指で陰核を優しく押しつぶされると、フェリアはいよいよ何も考えられなくなった。

黄金色の髪を激しく波打たせながら、彼の口の動きに合わせて腰を動かす。

「やぁ……あっ、ヴィル……ぁあ……っ」

舌を抜かれ、代わりに指が奥へ入っていく。

そして口で花芯を責められた瞬間、フェリアは目の前が真っ白になるのを感じ、体を大きく震わせたのだった。

行為の後の気だるさに、フェリアはしばらく彼の腕のなかでうとうととしていたが、少しして意識がはっきりしてくると、なんとなく部屋の暗さが気になった。

「ねえ、少しカーテンを開けてみてもいい？」

寝室は真っ暗で、お互いの表情も分からないぐらいだ。

フェリアはいま、ヴィルがどんな表情で自分を見つめているのかを知りたいと思った。

ヴィルが頷いてくれたので、シーツで体をくるんでベッドを下り、カーテンを半分ほど開く。

すると月明かりが差し込んで、周囲の輪郭を淡く浮き上がらせた。

これでヴィルの顔を見ながら話ができる。フェリアは期待を込めて後ろを振り返り――そして息を呑んだ。

ベッドの上であぐらを組んでこちらを見つめる、ヴィルの体が目に飛び込んできたからだ。

行為の〝特訓〟をする時はいつも寝室が真っ暗だったから、フェリアもヴィルの体をはっきりと見たことがなかったのだ。

「……美しい体」

気がついた時には、ぽつりと呟いていた。

ヴィルの体は逞しく、必要な場所にしっかりと筋肉がついている。腕や肩の筋肉は隆起し、平らな腹もしっかりと割れているが、ごついという印象はない。

鍛え抜かれた美しい体――それがヴィルの体だと思った。

だがフェリアの言葉を聞いたヴィルは目を見開いた後、「フェリアがそれを言うのか」と困った様子で笑った。

「フェリアの体のほうがずっと綺麗だ」

照れたように片手で髪を乱しながら、ヴィルが言う。

フェリアはときめいて頬を染めたが、そこでふと、彼の肩に丸い傷痕があるのに気付いた。

急いでベッドまで戻って、傷痕を見つめる。

「ヴィル……これは……？」

「ああ……これは銃で撃たれた時の傷痕だな」

「銃⁉」

なんでもないことのように言うヴィルに、フェリアは思わず声をひっくり返した。

騎士といえば剣のイメージが強いが、戦地においては当然、銃を扱うこともある。

普段も、騎士が乗る馬には歩兵銃がくくりつけられているものだし、上官になれば短銃も支給されると聞く。

だが、いまは戦時ではないのだ。銃創など、ただごとではない。

しかもよく見れば、そう古い傷でもなさそうではないか。

青ざめるフェリアに、ヴィルは単に肩をぶつけたような雑さで傷痕をさすった。

「以前、王太子殿下が鹿狩りで森へ出かけた時に、どこぞの猟師が誤って発砲したのが殿下に当たりそうになったので、オレが盾になって庇ったんだ」

短い説明に情報が多すぎて、何から詳しく聞けばよいのか分からない。

「以前って……それはいつ頃なの？　もう大丈夫なの？」

「ん……いつ頃だっただろうか……。確かフェリアと見合いした日が、撃たれてからちょうどひと月ぐらいだったような！」

「見合いの……って、まだ半年も経っていないわ！」

卒倒しそうになりながら叫ぶ。

実際に後ろによろけたところを、ヴィルが腕を伸ばして支えた。

「どうってことはない、オレは頑丈なんだ。急所は外れていたから、十日もすれば仕事にも復帰できた！」

鍛えているからな！　と誇らしげに胸を張るヴィルを、フェリアは信じられない気持ちで見つめた。

いくら頑丈だからって、銃で撃たれた人が十日で騎士の職務に戻れるものなのだろうか。

フェリアには想像もつかない話だった。

「もう……全く痛みはないの？」

「フェリアにいま言われるまで、撃たれたことも忘れていたぐらいだ」

「触っても……？」

訊ねると、ヴィルが笑顔で頷く。

フェリアはおそるおそる痛々しい傷痕に触れてから、目に涙を浮かべた。

「騎士の仕事は、そんな危険が伴うのね……」

ふと彼のプロポーズの言葉を思い出す。

騎士は死ぬ場所を選べない。確かに、ヴィルはそう言っていた。

フェリアは、〝騎士〟という仕事の過酷さを甘く見ていたことを自覚した。

この国では、もう長らく大きな戦争がない。

だから騎士といっても、命を失うようなことはないと信じていたのだ。

「……王太子殿下への発砲は、本当に事故だったのですか？」

王太子が鹿狩りをするような場所に、果たして一介の猟師が迷い込めるものなのか。

部外者である自分が聞いてよいことかと迷ったが、またヴィルに同じようなことが起きるかもと思うと、訊ねずにもいられなかった。

「調査をした団長からはそう聞いた。撃たれた直後はさすがにオレも意識を失っていたから、詳しいことは分からないのだが……」

「団長……」

広場で遠目に見た、近衛騎士団長の顔が脳裏に浮かぶ。

ヴィルは顎をさすりながら、褐色の瞳をすっと細めた。

「だが王太子殿下の周りには特別気を配るべきだと、オレはそう思っている」

王太子には、フェリアも父と共に何度か謁見している。先日の舞踏会でも挨拶をしたので、記憶にも新しい。

年は十六歳。金色の髪に青い瞳をした、利発な顔つきの少年だった。

まだ若いのに、立場への責任感からか立ち居振る舞いは堂々としていて、フェリアは尊敬の念を抱いていた。

「オレは権力闘争とやらの、詳しいことはよう分からんのだが……近頃はこう、色々とあるようだ」

「噂は……聞いております」

フェリアは瞳を揺らしながら頷いた。

ともすれば、その辺りのことはヴィルよりも詳しいかもしれない。

一見平和に見えるこの国も、裏では醜い権力闘争が続いているのだ。

現国王は齢《よわい》七十五を超える老年で、昨今は病気で寝込むことも多いと聞く。

国王はこれまでに二度の結婚をし、五人の公妾《こうしょう》を迎え、十人の子供に恵まれた。だがそのなかで男子はただ一人。王が六十歳の時に公妾に産ませた、いまの王太子だけである。

この王太子が生まれるまでの間、王位継承権の第一位はオードリュ公爵だった。

オードリュ公爵は国王の甥《おい》にあたり、さらに第一王女を妻にもらっている。

長い間、誰もが公爵が次の国王になると思っていたし、実際に王太子が生まれた時は酷く揉めたそうだ。

この国では、公妾が産んだ子にも継承権が認められている。だがオードリュ公爵は「自分のほうがより王家の正統な血筋に近い」と主張したのだ。

公妾の子とはいえ、王太子が国王の唯一の男児であるのは明確で、公爵の訴えは退けられたが、現在も水面下での争いは続いている。

公爵はいまも議会で大きな発言力を持っているし、〝王太子がいなくなれば〟彼が王位を継ぐことに変わりはない。オードリュ公爵派の貴族たちの間でも、近年、なんとか王太子を廃そうという動きが盛んになっているという。

ちなみにアルフレッドのローディ侯爵家も、このオードリュ公爵と深い繋がりがある。ローディ家が議会で発言力を持つのは公爵が後ろ盾にいるためだ。

フェリアが彼と婚約したのも、公爵が次期国王になると思い、父がそこへ繋がりを持ちたいと思ってのことだった。

フェリアがあれだけ屈辱的な仕打ちを受けても父が強く出られなかったのは、そういう背景がある。オードリュ公爵が王位を継いだ時、ローディ家を敵に回していると、カーデイン伯爵家がどうなるか分からない。

以前の舞踏会で婚約解消を言い渡された時、誰もフェリアの味方をしなかったのも、ローディ家に目をつけられたくなかったからだろう。

――王太子殿下への発砲は、オードリュ公爵による暗殺計画だったのではないの……？

だとすれば、ローディ侯爵家――ひいてはアルフレッドも無関係ではないはず。

王族がもっとも信頼するはずの近衛騎士団が敵かもしれないというのは、王太子にとってどれほどの恐怖だろうか。

そのなかで、命がけで守ってくれたヴィルの存在はきっと心強いはずだ。

――だけど。

彼の体に残る銃創を見た後では、とても素直に『良かった』とは思えなかった。

王太子に危険が迫れば、ヴィルはまた身を挺《てい》して庇おうとするだろう。

彼を失うかもしれないと考えるだけで、全身から血の気が引くようだ。

――もしかして、昼間……ヴィルがすんなり引き下がったのは。

アルフレッドが関与していたことから、ヴィルはオードリュ公爵絡みのトラブルを疑ったのではないか。あの場で深く追及すれば、フェリアを危険に巻き込んでいたかもしれない。

しかも公爵が絡んでいるなら、ヴィル一人で対処できる話でもないだろう。

「フェリア……。ハーバー家が所領を得て貴族になったのが、オレの曾祖父の代だというのは知っているだろうか？」

「え？　ええ、聞いています」

青ざめるフェリアに、ヴィルが問いかける。

フェリアはハッと我に返って頷いた。

それは百二十年ほど前、隣国との紛争がもっとも激しかった頃のことだ。

「初代のご当主は、隣国が侵攻してきた際に王のお命を救った英傑なのですよね」

「ああ。曾祖父は元々、平民上がりの一兵卒だった。だが数々の戦功を立てたことで騎士となり、その後、命がけで王の危機をお救いしたことで伯爵位を賜ったんだ」

誇らしげに目を細め、ヴィルは言葉を続けた。

「王をお救いした時、曾祖父が所属していたのが、オレがいまいる近衛騎士団第五部隊だった。オレは、曾祖父のような男になりたいんだ。自らを鍛え抜き、いざという時には全身全霊でもって王を、国を守る！　オレはそんな男になりたい」

「ヴィル……」

「大丈夫、オレは頑丈だから、そうそう死ぬようなことはない。目もいいんだ。この銃創だって、自分で急所を避《よ》けた」

そんなことができるのか——と思ったけれど、ヴィルがフェリアを安心させようとしているのが分かったので、なんとか口元に笑みを浮かべてみせる。

「オレは……きっと立派な男になる。君がそれを信じてくれたら、嬉しい」

褐色の瞳でまっすぐに見つめられ、フェリアは胸が震えるのを感じた。

自分は、きっとこの国で一番勇敢な男の妻になったのだと思った。

「ええ……信じています。そして、私もヴィルを支えたい」

目尻に浮かんだ涙を指で拭ってそう言うと、ヴィルが嬉しそうに目を細めて「ああ」と頷いた。

「ありがとう、フェリア」

五章　熱血騎士、飛ぶ。

「あ、隊長！　今日も昼は、フェリア殿の手作りですか？」

午前の訓練を終えた騎士たちが、昼休憩のためにそれぞれの詰所に戻っていく。

それを横目にいそいそと木陰に移動するヴィルを見て、部下のトマスが訊ねた。

「ああ、そうなんだ」

相好を崩して頷くヴィルが持っているのは、小さなバスケットだ。

中身はサンドイッチで、妻が――神のもたらした奇跡によってヴィルの妻になってくれたフェリアが、手ずから用意してくれたものである。

ヴィルが『朝から走って出仕しているから、最近は昼食が足りず、王宮の食堂までパンをもらいに行っている』という話をしたところ、フェリアが『それなら』と間食を作ってくれるようになったのだ。

そう、間食である。

けれどヴィルは嬉しくて嬉しくて、我慢できずについ昼に食べてしまうのだった。

当然これだけでは腹は満たされないので、後から詰所でもしっかり昼食をもらう。

「すごいですよね、フェリア殿は元々伯爵家のご令嬢でしょう？　それなのに、料理もできるだなんて」

サンドイッチの入ったバスケットを見つめながら、トマスが感心したように呟く。

――本当にその通りだ。

フェリアは以前からよく料理をしていたらしく、腕前も確かだ。

サンドイッチの具材もいつも趣向が凝らされていて、先日のハーブをまぶした鶏をこんがり焼いたものは、とりわけ美味《おい》しかった。

ヴィルは食べながら、幸せのあまり号泣してしまったぐらいだ。

まあ、フェリアが作ったサンドイッチを食べる時はいつも泣いている気もするのだが――いまもバスケットを眺めているだけで胸がいっぱいになってきて、ヴィルは鼻をすすった。

――アルフレッドは……愚かだ。

思わずそんなことも考えてしまう。

ちょうど遠くにはアルフレッドの姿が見え、ヴィルは褐色の目を細めた。

フェリアとの婚約を手酷く破棄したアルフレッド。

他に好きな女性ができたにしても、公衆の面前でフェリアを辱め、且つ早々に他の相手との結婚を迫るなど、そのやり方はあまりに卑劣だった。

フェリアが『アルフレッドとこれ以上揉めたくない』と言うから堪えてはいるが、ヴィルはいまだにアルフレッドへの怒りを心に抱えていた。

――フェリアほどの女性は、他に探そうと思っても見つかるものではない。

それは、彼女を愛している人間としての欲目を差し引いてもそうだろう。

その女性の未来を潰そうとしたアルフレッドのことを、ヴィルははっきり愚かだと感じていた。

「隊長～！」

「お疲れさまです、隊長～!!」

他の隊員たちも、ヴィルがバスケットを抱える姿を見て駆け寄ってくる。

そしてひとしきりサンドイッチについて「羨ましいです！」「隊長に素敵な奥さんが来てくれて良かった！」と騒いだ後、隊員の一人が首を傾げた。

「あれ、隊長もしかして髪切りました？」

「ん？　ああ、分かるか」

ヴィルは手で髪に触りながら頷いた。

フェリアに『ヴィルは寝癖がつきやすいし、走って汗をかくから、もう少し髪を短くしたほうがさっぱりとして良いのではないかしら？』と提案され、昨日理容師に屋敷に来てもらい、毛先を切ってもらったのだ。

これまで自分で適当に切っていたから、理容師を呼ぶなど少々気恥ずかしさもあったが、せっかくなのでフェリアの手配に任せたのである。

結果的にいつもより髪がすっきりと軽くなり、ヴィルもとても気に入っていた。

「分かりますよ、似合ってます！」

「そうか、ありがとう！」

照れながら礼を言うヴィルを、トマスがじっと見つめて口を開く。

「……隊長、結婚してから変わりましたよね」

「そうだろうか？」

「はい、見た目がとても格好良くなった気がします……あ、結婚前が格好良くなかったというわけではないんですすが！」

頭を下げるトマスを笑い飛ばしてから、ヴィルは軽く顎を撫でた。

もしそうなら、それもフェリアのおかげだと思ったのだ。

フェリアがせっせとヴィルの髪や肌に精油を塗ってくれるので、自分でもあちこちつやつやしてきたと思うし、服や持ち物もフェリアが選んでくれるから、全てセンスが良い。

これまで『オレが見た目に気を遣ったところで』という思いもあり、正式な場に出る時でさえ、身だしなみはせいぜい清潔さを保つぐらいしか気にかけていなかった。

だがヴィルは国家の顔たる近衛騎士なわけで、多少なりとも見られるようになるなら、そのほうが良いに決まっている。

——オレは、フェリアに感謝することばかりだな……。

あらためて妻に感謝の念を送る。

その時、ヴィルを囲む輪の外から同じ部隊のロイドが声を上げた。

「いくら見た目が良くなったって、騎士は剣がなまくらだと意味がないだろ！」

ロイドは鼻息荒くそう言ってから、背伸びをしてこちらを覗き込み「本当だ、髪を切ってる」と呟いた。

彼がここへ〝左遷〟されてきてから、すでに数ヶ月経つ。相変わらず不満は多いようだが、よく辞めずに堪えているとヴィルは深く感心していた。

「そうだな……ロイド……」

何げにロイドの言葉が急所に刺さり、ヴィルはどよんと落ち込んだ。

「お前の言う通りだ……騎士は……剣が……なまくらだと意味がないのだ……」

そして、地を這うような声で呟く。

ヴィルは近頃、『なまくら』とか『役立たず』とか『柔らかい』とかいう単語にとても敏感になっていた。理由はもちろん、夜のアレが原因である。

――オレは……本当に、男として、何かおかしいのではないだろうか。

なぜフェリアとの行為でアレが役に立たぬのか。

フェリアには『緊張している』と伝えているし、実際にそうなので嘘でもないのだが、ヴィルだって随分、彼女との〝特訓〟には慣れてきたと思うのだ。

何より、〝特訓〟での触れ合いはとても気持ちがよい。

自分でもそろそろ反応してくれていいと思うのに、いかんせん上手くいかない。

本当に緊張しているだけなのか、それとも他に原因があるのか――もちろんフェリアに問題などあるはずがないので、あるとすればヴィルに違いない。

ヴィルは自分が情けなく、また妻に対して申し訳なくて仕方がなかった。

最近は思い詰めるあまり、フェリアに捨てられる夢を見るほどだ。

「だ、大丈夫だ！　髪型は似合ってるぞ、隊長！」

珍しく落ち込むヴィルに驚いたのか、ロイドが慌てた様子でそう励ます。

ヴィルは我に返ると、「はっは！」と笑って気を取り直した。

なんにせよ、職場で悩むことではない。

その後は隊員たちが昼食のために詰所へ戻っていったため、ヴィルは先にサンドイッチを食べようと木陰に座ってバスケットを開いた。

「おお！」

今日のサンドイッチの具材は、野菜と玉子だ。

炒《いた》めた玉子はふわふわで、見るからに美味しいのが分かる。

一つを手に取り、空に掲げて幸せを噛みしめていると、ふと正面から声をかけられた。

「それが噂のフェリアの手作りか？　ヴィル」

「……アルフレッド」

顔を上げると、アルフレッドがすぐ目の前でこちらを見下ろしていた。

相変わらず冴え冴えとした佇まいで、銀色の髪は涼しげに風になびいている。

「どうした、何かあったか？」

広場での一件から約ひと月。アルフレッドから声をかけてくるのは、あれ以来初めてだ。

騒動のことは団長とアルフレッドに何度か「あれは何だったのか」と訊ねたが、「極秘任務である」とはぐらかされ続けている。

ヴィルも腹に思うことはあるものの、普段から態度に出すことでもないだろうと、ごく普通に返事をした。

「……別に、フェリアも可愛いところがあると思っただけだ」

ヴィルは首を傾げた。

可愛いところがあるも何も、フェリアには可愛いところしかない。

「そのサンドイッチだって、ぼくに見せつけるためにフェリアがわざわざ用意しているんだろう」

「……はっ？」

いよいよ彼の言うことが理解できず、ヴィルは間の抜けた声を漏らした。

フェリアはヴィルが食べるためにサンドイッチを用意してくれたのである。

いったいどういう思考をしたらそうなるのか、驚きすぎて手からサンドイッチが転げ落ちそうになる。

だがヴィルのその反応をどう捉えたのか、アルフレッドは勝ち誇ったような笑みを口元に浮かべた。

「君と結婚したのだって、ぼくへの当てつけに決まっている」

「当てつけ？」

「そうでなければ、わざわざフェリアが君のところに嫁ぐはずがない。ぼくと君は同じ騎士団なんだぞ」

アルフレッドは当然のことのようにそう言って肩を竦めた。

──当てつけ？　フェリアが……アルフレッドへの当てつけに、オレと結婚をしたと？

その言葉に、確かにヴィルの心は少々ざわめいた。

結局のところ、ヴィルはいまだにフェリアが自分を選んでくれた幸運を信じられずにいるのだ。

つまり、このざわめきはヴィルの心の弱さの証明に他ならない。

──いかんいかん……！

ヴィルは自身を叱咤すると、サンドイッチを手に持ったまま立ち上がり、まっすぐにアルフレッドを見つめた。

「アルフレッド、フェリアはそのような女性ではない」

きっぱりと言い放つと、ヴィルの心も自然と凪《な》いだ。

言葉にしてみれば、それがあまりに当たり前のことだったたからだ。

アルフレッドは分かりやすく鼻白むと、「言っていればいいさ！」と捨て台詞《ぜりふ》を吐いて立ち去っていく。

──何なんだ……あいつは。

彼が何をしたかったのかさっぱり分からず首を傾げてから、ヴィルは再びその場に腰を下ろした。

考えても分からぬことを悩むより、いまは妻のサンドイッチである。

ヴィルはそれを再びしげしげと眺め、妻と神に感謝を捧げてから食べようとしたが、そこで詰所からトマスが走ってきて声を上げた。

「ヴィル隊長～！　王太子殿下が、隊長をお呼びです！」


「……ヴィル、それは何だ？」

ヴィルが執務室に入ると、開口一番、椅子に座る少年がそう訊ねた。

書類を前に大人のような顔をして座る彼は、まだ十六歳。

肩まで伸ばした金色の髪と、聡明《そうめい》そうな青い瞳が印象的なこの国の王太子ルークである。

そしていま、ルークの視線はまっすぐにヴィルが持つバスケットに注がれていた。

「はっ！　妻が作ってくれたサンドイッチであります！　殿下のお呼びと慌てて参りましたので、うっかり持ってきてしまいました！」

「妻……ああ……確かカーデインの。そうか、わざわざサンドイッチを作ってくれるのか。羨ましいな」

「ご覧になられますか⁉」

「えっ？　ああ……うん、そうだな。せっかくだし見てみようか」

ルークがにこりと頷く。

執務室は人払いがしてあって、いまはヴィルと王太子の二人きりだ。

ヴィルは「失礼いたします！」と声をかけてから、執務机にバスケットを置いて蓋を開いた。

「……美味しそうなサンドイッチだな」

「とても美味しいのです！　妻が……私のために……うっ、ま、毎日、毎日こうしてサンドイッチを作ってくれ……わ、私は大変幸せ者であります……！」

涙ぐみ、手の甲で目を拭いながら妻への感謝を語り始めるヴィルに、ルークは落ち着いた様子で微笑んだ。

「そうか……そんなに美味しいのか。良かった」

「はい！　妻は本当に料理が上手く……！」

そのままフェリアの素晴らしさを熱く語り始める。

ルークはその一つ一つに頷いていたが、やがて額を手で拭い始めた。

「素晴らしい奥方で羨ましい……だがなんだか部屋が暑いような……」

ヴィルはそこでハッと気付いて口を閉ざした。

——しまった、殿下に熱く語りすぎてしまったな！

ルークは王太子という身分に相応しい、落ち着きのある、思慮深い人物だ。

心根も優しく、ヴィルの話も遮らずに聞こうとしてくれる。

ヴィルが「失礼いたしました！」と謝ると、ルークはくすりと笑い声を漏らして「いいんだ」と首を横に振った。

「それでヴィル……その後、怪我の具合はどうだろうか？」

「はっ！　全く問題ありません！　完全に治癒いたしました！」

肩をさすりながらヴィルは力強く頷いた。

怪我というのは、以前の鹿狩りで王太子を庇って撃たれた傷のことだ。

あれからもう半年以上経つのに、いまだにこうして心配してくれるルークを、ヴィルは心からありがたく思っていた。

「お前がいなかったら、私は間違いなくあの場で命を落としていた。私にまだ力がなく、お前の働きに相応しい褒美を与えられないことを申し訳なく思っている」

ルークが眉を寄せて頭を下げる。

確かに、彼が狙われた時は森にいたから視界も悪く、獣並みに目と耳が良いヴィルでなければ守ることはできなかっただろう。

ヴィルは「はっは」と笑って胸を叩いた。

「殿下の身を守るのが私の仕事です！　お気になさらず！」

本心からそう言えば、ルークの青い瞳が僅かに潤んだ。

「お前がそう言ってくれて、私は本当に……心強い」

「ありがとう」と、気丈にルークが笑う。

その笑顔に、ヴィルの胸はそれこそ撃たれたように痛んだ。

オードリュ公爵と対立するルークにとって、近衛騎士団は安心して命を預けられる相手ではないのだ。第一部隊のアルフレッドはもちろん、団長もオードリュ公爵と縁が深い。

ルークはしっかりしているが、まだ十六歳なのだ。

子供といっていい年なのに、いつ背中から斬りかかられるか分からない恐怖に毅然と耐えている。

――とはいえ、まさか誇りある近衛騎士団が王太子に牙を剝くなどあり得ないと考えていたが……。

派閥がどうといっても、近衛騎士の主君はあくまで国王であり、オードリュ公爵ではない。そしてルークは、自分たちが忠誠を誓った国王の息子なのだ。

だがその考えも、鹿狩り以降はあらためざるを得なかった。

事件は猟師が誤って発砲したということだったが、当時、森は部外者が入れないように規制されていた。そして、ルークの警護を担っていたのはアルフレッドの第一部隊だ。

ヴィルがルークの近くにいたのは、本当に偶然だった。たまたま第五部隊の一人が怪我をし、その報告に行っていたのだ。部下を行かせてもよかったが、ヴィルが走ったほうが早かったのと、なんとなく嫌な予感がした。第六感というやつである。

ヴィルが撃たれた後に猟師は捕らえられ、速やかに処分されたというが、その采配も全て団長が行い、ろくな捜査もされなかった。

――本当に……オードリュ公爵が、近衛騎士団を使って王太子の暗殺を企《たくら》んだのだろうか。

ヴィルは権力闘争に疎いので、国の裏側で何が起こっているのかはよく分からない。

だが端から見ている限り、オードリュ公爵の地位と権力はすでに盤石だ。

それは王太子が即位したところで簡単には揺らがないだろう。だというのに、あえて暗殺という大罪のリスクを冒さねばならないものだろうか。

ヴィルはもちろん、王太子やその周辺もそう思っていたから油断していたのだ。

以降はヴィルもできる限りルークの身辺に気をつけている。

近頃、ヴィルに休みがないのもそれが理由だ。

彼自身も身の危険を感じて宮殿から出ていないようだが、それもいつまでもというわけにはいくまい。

「ヴィル……実は、お前にだけ話しておきたいことがある」

ふと、ルークが声を潜めた。

「オードリュに、禁止薬物の製造と、密売の容疑がかかっている」

「……薬物？」

思いがけない言葉に眉を寄せるヴィルに、ルークは慎重な表情で頷いた。

「シュレンガという花を知っているか？」

「……いえ」

「精神に作用する、特殊な薬を製造することができる花で、我が国では建国当時から栽培が禁止されている。もちろん、シュレンガから薬を製造することも重罪だ」

ルークは机の引き出しから一冊の図鑑を出すと、白い花の絵が描かれた頁《ページ》を開いた。

絵の隣には〝シュレンガ〟という文字が書かれている。

「シュレンガから作った薬は、人に一時的な快楽を与えるが依存性が強く、広まれば国が崩壊する。だから、周辺国との協定でも密売は厳しく取り締まることになっている」

「そのようなものが……」

「まあオードリュが主に製造しているのは、それほど作用の強いものではないらしい。シュレンガの花の成分を利用した媚薬で、他国の貴族相手に高値で売りつけているようだ。自国でやると足がつきやすいからな」

「そういうことなら、まずはオードリュ公爵を捕らえるべきなのでは？」

ルークは苦い表情で首を横に振った。

「まだはっきりとした証拠がないんだ。オードリュはシュレンガの栽培、製造を全て領地内で行っている。いまの状況で公爵家の領地に立ち入って捜査するのは、国王陛下の裁量になる」

「ならば、陛下にご命令いただくことはできぬのですか？」

「陛下はもう、ひと月近く目を覚まされていない」

ヴィルは息を呑んだ。

国王が病で伏せっていることは知っていたが、そこまで悪いとは思っていなかった。

「このことは、まだ陛下と私の側近しか知らない。お前も他言無用だ」

「はっ！　心得ております！」

ルークは頷いてから、一つため息をついた。

「オードリュは、私が生まれるよりずっと前からシュレンガに手を出していたようだ。その資金を元に、自身の権力を確固としたものにしていったんだろう。いずれ自分が国王になれば、全て隠し通せると軽く考えていたに違いない」

だがオードリュの目論見《もくろみ》は外れ、ルークが生まれた。

しかもルークは成長するほどに聡明さを見せていく。

ルークが国王となれば、いずれは自分の悪事が露見してしまうかもしれない。

オードリュはそう考えたに違いない。

「なるほど……それでオードリュ公爵は焦って、ルーク殿下が即位する前に命を狙ったと……」

「私はそう考えている。オードリュも、父上の容態が良くないことは知っているから」

ヴィルはそこで首を傾げた。

「しかし、殿下はなぜ、いまになってオードリュがシュレンガに手を出していることを知ったのですか？」

「半月ほど前に密告書が届いたのだ。最初は何かの罠か悪戯かと思ったが、そこに書かれている取引の相手や、金額があまりにも詳細だった」

ルークはそこで「そうだ」と思い出したように声を上げた。

「ひと月ほど前、ヴィルが巻き込まれたという騒動があっただろう」

フェリアとのデートで起こった騒動のことだ。あの日のことを、ヴィルはルークに報告していた。

「あれはおそらく、アルフレッドたちがその密告書の主を追っていたのではないだろうか。あの日も取引があったと密告書にあった」

「団長やアルフレッドが自ら取引を行っていたということですか？」

「詳しいことは分からない……だが周りを嗅ぎ回られていることにオードリュが焦り、密告書の犯人を捕らえようとしたのかもしれない……」

ルークは軽く首を横に振ってから話を続けた。

「とにかく、オードリュが薬の販売に手を出しているところまでは突き止めたんだが、肝心の証拠が見つからないから捕まえることができない」

「……そういうことでしたか」

「いまは、ひそかに公爵領に人を送り込み、領内にあるはずのシュレンガの栽培地を探しているところだ。それを見つけることさえできれば、国家として堂々と公爵領の捜査を開始できる」

理知を湛《たた》えた青い瞳が、まっすぐにヴィルを捉える。

「陛下の容態がいよいよ良くないと知れば、オードリュは手段を選ばず私を暗殺しようとするだろう。ヴィル、これは時間との闘いだ。私が殺されるのが先か、私がオードリュを捕らえるのが先か……お前には、どうか私を守ってもらいたいのだ」

ぐっと拳を握って、ルークが言葉を続ける。

「お前は国王直属の近衛騎士……あくまで国王である父上の騎士だ。私の命令で勝手に動かしてよいものではないことは分かっている。だが……それでも私は……お前を頼りにしたいのだ」

その声が僅かに震えていることに気付いて、ヴィルは目を細めた。

ルークの前には、いくつもの書類が積まれている。国王が病に伏せっているため、代わりに公務を行っているのだろう。

苦労をしているのだ。ヴィルが彼ぐらいの年齢の時は、走ったり、体を鍛えたりすることしか考えていなかった。

――まあ、いまも走ったり、体を鍛えたりする以外で考えていることといえば、せいぜいフェリアのことぐらいなのだが……。

ヴィルは自分の呑気さを申し訳なく思いつつ、ルークに向かって微笑みかけた。

「殿下は、私が忠誠を誓った陛下の御子であられる。どうぞ、ご命令くだされればよいのです！　なに、もしもそれで陛下に叱られたら一緒に謝りましょう！」

右手で胸を叩いて、大きく頷く。

「不肖ヴィル・ハーバー！　身命を賭して殿下をお守りさせていただきます！」

ヴィルの言葉にルークが目に涙を潤ませ、それを隠すように俯く。

そして「ありがとう、心から感謝する」と声を震わせた。

「では……ヴィル。早速なのだが、一つ仕事を頼みたい」

「はっ！　何なりと！」

ルークが両手で涙を拭うようにしてから、顔を上げる。

「来週、私の誕生日を祝う夜会が開かれるのは知っているか？」

「はい……もちろんであります！」

王太子の誕生日は、宮廷で夜会を開いて祝う。招かれるのは子爵以上の貴族で、ヴィルもハーバー家の人間として招待状をもらっていた。ただルークには悪いが、フェリアのこともあるので今回は欠席のつもりでいた。

ヴィルはまだ当主ではないから出席しなくとも体裁は悪くないし、そもそも両親も『そういう場所は苦手だから』と理由をつけて断ると言っていた。

「立場上、私の欠席は許されない」

「なるほど、では警護は我が第五部隊が全力で……！」

「いや、当日の警護はすでに第一部隊に決まっている。陛下が決めたものだから、私が勝手に動かすと余計な詮索を生んで、オードリュを刺激してしまう。いまオードリュに証拠の隠滅に走られては困るんだ」

「……では、私は何を？」

首を傾げるヴィルに、ルークは深刻そうな口を開いた。

「夜会の間、私の傍にいてくれないか。お前が私の近くにいてくれるだけで、アルフレッドたちへの牽制《けんせい》になるはずだ」

ヴィルは力強く頷いた。

それぐらいのことお安いご用であると、思い切り請け負った。

そして王太子の執務室を後にし、再び木陰に座ってフェリアのバスケットを開いたところで思い出したのである。

「……あ」

――しまった、フェリアのことを失念していた！

使命感から勢いで返事をしてしまったが、夜会は既婚者であれば妻と同伴するのが基本である。

そもそもフェリアが嫌がるだろうと思い、ヴィルは夜会を欠席するつもりだったのだ。

――しかしフェリアは……。

フェリアは世間から〝悪役令嬢〟と謂《いわ》れのない誹《そし》りを受け、結婚後も社交の場からとんと離れている。

果たして彼女を誘ってもいいものか――ヴィルはこんこんと悩み、そのまま昼休憩が終わるまで、じっとサンドイッチを見つめ続けていたのだった。


玄関ホールから、ヴィルの帰ってきた物音がする。

私室で布に刺繍を入れていたフェリアは、作業の手を止めて顔を上げた。

彼を出迎えに行こうと立ち上がり、ふと視線をテーブルに落として、布に縫いつけられた糸を撫でる。光沢のある赤い糸が象《かたど》るのは、薔薇の絵柄。薔薇はヴィルの守り花だ。

フェリアはヴィルに、守り花刺繍を贈るつもりでいた。

――ヴィルは、喜んでくれるかしら？

頬を緩め、後頭部に触れる。

ハーフアップにした髪を留めるのは、母が守り花刺繍を施してくれたバレッタだ。

ヴィルにもいつか贈りたいと思っていたが、騎士としての決意を聞いてからはさらに気持ちが強まり、早速こうして作っている。

フェリアは刺繍を施した布でお守りを作ってヴィルに渡すつもりでいた。

――ううん、喜んでくれるに決まっているわ。

フェリアは微笑むと、立ち上がって鏡台の引き出しを開き、布を刺繡道具ごとしまった。夫の驚く顔が見たいから、完成するまで秘密にするつもりだ。

フェリアは鏡に向き直ると、軽く髪型を整えてから、ヴィルを出迎えにホールへ向かった。

「お帰りなさい、ヴィル」

そう言って頰にキスをすれば、ヴィルが「ありがとう！」と笑う。

だがいつもならさらに感激してくれるのに、今日は元気がないようだ。

何かあったのだろうかと心配していると、夕食の後、寝室でヴィルが「来週、王宮で開かれるパーティーに参加をしたいのだ」と話を切り出した。

「……パーティーに？」

ベッドで彼にしなだれかかったままフェリアが聞き返すと、ヴィルは申し訳なさそうに頷いた。

「王太子殿下の近くにいて差し上げたいのだ」

ヴィルはそれ以上のことを話さなかったが、フェリアには何となく事情が分かった。

おそらく、ヴィルは王太子の護衛なのだ。

「だが……そういった場には、基本妻が同伴となる。フェリアの気が進まないなら、母の友人に代理を頼もうかと……」

そこまで聞いてから、フェリアは彼に元気がなかった理由に気付いた。

——私のことを気遣ってくれていたのね。

ゴシップが原因で社交の場から離れた妻を誘うことに、ヴィルは抵抗があったのだ。だが真面目な彼は、他のパートナーを探す前に、まずフェリアに相談すべきだと考えたのだろう。

フェリアは、彼の優しさに胸があたたかくなるのを感じ、微笑んだ。

「私が一緒に行くわ」

「……いいのか？」

「もちろん」

目を丸くするヴィルに、フェリアは迷いなく頷いた。

自分への敵意が渦巻く場所へ向かうのは、もちろん気が向かないし、できることなら避けたい。けれどいまは、ヴィルが一緒なら大丈夫だと思えた。

何よりフェリアはヴィルを支えると決めたのだ。

必要とあれば、それもヴィルのためならば、フェリアはパーティーでも舞踏会でも徒競走でもどこへでも行ける。

「私はヴィル・ハーバーの妻だもの。熱い心で、何にでもぶつかっていくと決めたの」

ぐっと拳を固めてから、菫色の目を細める。

――それにパーティーに行けば、あの外套の女性が誰か分かるかもしれない。

先日の広場で起こったことが、喉に刺さった魚の小骨のようにずっと気になっていた。

女性の手がかりは髪の色と声だけ。だが実際に見て、声を聞けば誰か分かるかもしれない。

――見つけたからどうなるというものでもないでしょうけど……。

アルフレッドが追っていたという人物だ。もしかするとヴィルの役にも立つかもしれない。

「ヴィルとパーティーへ行けるなんて、むしろ楽しみなぐらい！」

胸に手を置いて言えば、ヴィルは褐色の目を見開き、それから顔の真ん中にしわを寄せた。

「……ありがとう、フェリア」

声を震わせて礼を言うヴィルに、フェリアは首を横に振った。

視線が絡まり、どちらからともなく目を閉じて口づけを交わす。

「ヴィル……」

名前を呼んで彼の首に手を回すと、ヴィルの手がフェリアの腰を引き寄せる。

そして荒い吐息を重ねながら、『特訓』にもつれ込んだのだった。


そして、当日。

自室の鏡の前で、ヴィルは心配そうに眉を寄せた。

「これは……さすがに格好をつけすぎではないだろうか」

「格好つけているのではなくて、格好いいの。自信を持ってください」

彼が纏うのは黒いコートに、刺繍がふんだんに入った赤いベスト。

先日仕立てを依頼した礼服が間に合ったのだ。

ボタンの種類やベストの刺繍柄はフェリアが選んだのだが、とても華やかな出来になった。

満足するフェリアに対して、ヴィルは怯んでいる様子である。

「いや……オレは、フェリアに相応しい男になるのだ」

ヴィルが力強く自分に言い聞かせている。

フェリアは微笑みながら、彼の首元に腕を伸ばした。

「本当に、とても似合っているわ。タイを直すから、こちらを向いて」

フェリアがそう言って彼のタイを結び直すと、ヴィルはなぜか泣き始めた。

「大丈夫？　いまは何に感動しているの？」

「妻に……！　タイを……結び直してもらうのが……憧れでした！」

「そう、良かったわ。いつでも結び直すから言ってください」

にこりと笑って言うと、ヴィルは涙を拭いながら「ありがとう！」と頭を下げた。

「フェリアも、今日のドレスがとても似合っている！　オレの記憶が合っていれば、そのドレスは……」

赤い顔でドレスを褒めてから、ヴィルが顎に手を当てる。

「ええ……以前の舞踏会で着ていたものよ」

いま自分が纏っているのは、ヴィルと初めて出会った時の舞踏会で着ていたドレスだ。

薔薇をモチーフにした、豪奢《ごうしゃ》な仕立ての真っ赤なドレス。

このドレスを着れば、自分がよりキツい印象に見えることは分かっている。

だが、その時の自分がもっとも華やかで美しく見えることも、フェリアは知っていた。

――それに、私は赤色が好き。

フェリアはそっと手を伸ばし、ヴィルの髪を整える振りをして触れた。

人の目など気にしない。好きなドレスを着ると決めたのだ。

ヴィルは体格が良いから、着飾ると、とびきり人目を引く。彼の隣なら、フェリアのキツい印象など吹き飛ぶだろう。

「行きましょう」

微笑むと、ヴィルが頷いた。

そしてフェリアの手を取って甲にキスをしたのだった。


伯爵家の紋章が入った馬車を降りると、フェリアはヴィルのエスコートを受けて宮殿に入った。

夜会が開かれる時間まで、まだ少しある。ヴィルが王太子と話をしたいというので、少し早めに来たのだ。

「オレは殿下の執務室へ行く。フェリアも一緒に行かないか？」

ヴィルはそう誘ったが、フェリアは遠慮した。

王太子と内密な話があるのではないかと思ったからだ。

一度ヴィルと別れ、フェリアは宮殿の案内人と共に、夜会の開かれる二階へ向かった。会場となるのは、以前アルフレッドに婚約破棄を言い渡されたのと同じ大広間だ。階段を上がるとすぐ、開かれた両扉の向こうに美しい大理石のホールが見えた。

――あら、もう人が集まっているのね。

時間も早いので近くの休憩室で待たせてもらおうと思ったが、会場にはすでに人が集まりかけていた。特にバルコニーの近くが令嬢たちで賑わっている。

――ああ……そうね、今日は第一部隊が警護だもの。

近衛騎士団のなかでも花形と言われる第一部隊の騎士たちは、多くの令嬢たちの憧れである。隊長であるアルフレッドを中心に見目麗しい騎士が多く、今日のような日は、遠くからでも一目見たいと、早い時間から彼らを追いかける女性たちが集まってくるのだ。

よく見ると令嬢たちの輪のなかにはマーリィもいる。アルフレッドの恋人として羨望の視線を浴びているのだろう。フェリアにもそういう時期があった。

――近寄らないほうがいいわね。

噂が出る以前から、フェリアは同じ年頃の令嬢たちに遠巻きにされていた。アルフレッドの婚約者として恥ずかしくない振る舞いをしなければと、いつも緊張して硬い表情を浮かべていたせいもあるだろうし、単に嫉妬されていたのもあるだろう。

例の小説が評判になり始めてからは、ため込んでいた鬱憤を晴らすかのように、あからさまに嫌みを言われることも増えた。

だがマーリィはその儚げな雰囲気や、小説効果もあって、周りから素直に祝福を受けているようだ。

ため息を一つ落として、フェリアは踵を返そうとした。あえて針のむしろに飛び込まずとも、別室で待たせてもらえばよいと思ったのだ。

「あら、フェリアさまではない？」

だが会場にいる参加者の一人が、目ざとくフェリアに気付いた。

「本当だわ」

「お久しぶりですわね」

くすくすと嘲笑交じりの声が聞こえる。

こうなると無視をするのも体裁が悪く、フェリアは仕方なく会場に入って挨拶をした。

「みなさま、お久しぶりですわ。ごきげんよう」

ここで微笑みの一つでも浮かべれば印象も違うのだろうが、残念ながら表情筋はかちこちだ。

軽く頭を下げた後は、マーリィと目が合った。

「フェリアさま、お久しぶりです」

狼《おおかみ》を前にした小兎《こうさぎ》のように震えながら、マーリィがちょこんとドレスの裾をつまんで淑女の礼をする。

半年以上も社交界に顔を出さなかったフェリアが、今日ここに来るとは思ってもみなかったのだろう。

——だけど、少し白々しいのではないかしら。

以前の舞踏会で、彼女はフェリアが差し出したグラスを振り払った。そのせいで騒ぎになり、フェリアはあの場で婚約破棄される羽目になったのだ。

マーリィが見た目や態度通りの儚い女性ではないことを、フェリアは知っている。

文句の一つも言いたいが、さすがにこの場でそれをすれば自分の立場を悪くするだけだろう。

唇を真横に引き結んで悔しさを堪えた時、フェリアははたと彼女の顔にはらりとかかる髪に気付いた。

――白金色の髪。

そうだ、なぜ忘れていたのだろう。

マーリィの髪は白金色だった――あの外套の女と同じ。

――だけど、声が違うわ。

外套の女の声は低めで、いかにも気が強そうな印象を受けた。

対してマーリィの声は鈴が鳴るように愛らしく、儚げだ。

白金色の髪もそれほど珍しいわけではないし、とても同一人物には思えない。

「……ええ、ご無沙汰しております」

言葉と一緒に、知らず知らず詰めていた息を吐き出す。

すると先ほどフェリアを遠目に見つけた女性が、視線をわざとらしく左右に動かした。

「ところでフェリアさま、まさかお一人ですの？　エスコートの男性がいないようですが……」

その言葉を皮切りに、周りの女性たちがひそひそと話し始める。

「結婚されたと聞いていたけれど……」

「でも、お相手は、あの〝熱血騎士〟ヴィル・ハーバーですものね。エスコートの方法を知らなくても不思議では……」

「夫を侮辱するのはやめてください」

考えるより早く、フェリアは女性の発言を遮った。

自分のことなら耐えられる。でもヴィルを悪く言われるのは我慢ならなかった。

フェリアの冷たい菫色の瞳に睨まれ、女性はぴくりと震えてから悔しそうに鼻白んだ。

他の女性たちが、揃ってフェリアに非難の視線を向ける。

背後から聞き慣れた声がしたのは、ちょうどその時だった。

「フェリア！　待たせてすまなかった！」

振り返れば、最愛の夫であるヴィルが申し訳なさそうな表情を浮かべて立っていた。

「ヴィル！」

マーリィを含めた女性たちは、ヴィルの姿を見てまず目を丸くした。

そしてフェリアが呼んだ名前に、あ然と口を開く。その表情は、まるで自分たちが淑女であることを忘れたかのようだ。

「ヴィ……ヴィル・ハーバーさま……？　ですの？」

一人に名前を呼ばれ、ヴィルが「うん？　そうだが！」と元気よく頷く。

すると集まっている人々の間に、はっきりと動揺が広がった。

――驚くのも無理はないわ。

フェリアは誇らしい気持ちで夫の顔を見上げた。

なにせ今日のヴィルは、それほど格好良いのだから。

高い身長に、鍛え抜かれた美しい体が纏うのは、黒いコートと、刺繍の入ったお洒落なベスト。サイズが〝ぴったり〟と合っていて、そのおかげで腰の位置の高さ、手足の長さが際立って見える。燃えるような赤い髪も、フェリアが毎日一所懸命に手入れをしてきたかいあって艶やかだ。前髪は丁寧に後ろに撫でつけてあって、寝癖で跳ねているところもない。美しい形の額と、精悍な顔があらわになっており、ため息が漏れるほどの格好良さだ。

だがこれまでの彼ともっとも違うのは、見た目よりも、〝余裕〟だろうとフェリアは思う。

出会う以前のヴィルのことは知らないが、婚約当初の様子からして、女性の前では上がっていたのではないだろうか。

しかしいまはフェリアとの〝特訓〟の成果で、そうそう簡単に声を上ずらせたり、緊張して表情を強ばらせたりはしなくなった。いや……よく見るとちょっと顔は赤いが、フェリアを前にしている時はいつもそうだし、おかしいほどではない。

フェリアを見つめる褐色の瞳は情熱的で、甘やかで、尚且《なお》つ他の女性には一切興味がないという様子である。彼を見て、魅力的だと思わない女性はもういないだろう。

この場の視線は全て彼に釘付けになっている。

フェリアは胸をときめかせて微笑んだ。

先ほどまで緊張で強ばっていた顔に、花がほころぶような笑みが浮かぶ。

すると今度はフェリアのほうに注目が集まった。

「〝氷の薔薇〟が笑っているわ」

誰かが驚いたようにそう言った時――。

「美しい奥方だね、ヴィル」

ヴィルの背後からそう声がした。

視線をやれば王太子であるルークが興味深げにこちらを見つめている。

ヴィルに目を奪われ、王太子が一緒にいたことに気付かなかったのだ。

「失礼いたしました、王太子殿下」

慌ててドレスの裾をつまんでお辞儀をする。

「本日は、お招きいただきましてありがとうございます」

「いや、私のほうこそ来てくれて感謝している。サンドイッチを作るのが上手い、ヴィルの自慢の奥方に会いたいと、私が駄々をこねたのだ」

ヴィルに護衛を頼んだとは言えないのだろう。

だが言い回しを選んで、フェリアに感謝を伝えようとしてくれている。

「だから今日は、私が君たち夫婦をもてなすつもりでいる」

ルークがそう言うと、またも周囲が小さくざわついた。

ヴィル・ハーバーといえば、〝出世できない〟ことで有名な近衛騎士団第五部隊の隊長であるはず。

その彼が、なぜ王太子と懇意にしているのか。

先ほどまでフェリアを糾弾しようとしていた女性たちも、すっかり勢いを削《そ》がれて顔を見合わせている。

フェリアはふと、マーリィがいまどんな表情をしているのか気になった。

彼女にはアルフレッドのことで煮え湯を飲まされた。

もしかするといまも敵意の眼差しをこちらに向けているのではないか——そう思ってマーリィへ視線をやったが、彼女は意外にもこちらを向いてもいなかった。

視線の先を追ってみると、ちょうどオードリュ公爵が広間に入ってくるところだ。

王太子の誕生日を祝う夜会に公爵が招かれてくるのはごく自然なことである。

フェリアは首を傾げたが、マーリィはすぐに視線を下へ向け、元のように体を震わせた。

——気のせいかしら？

たまたまオードリュ公爵が入ってくるところが見えて視線が留まっただけだろう。もしくはアルフレッドの恋人として挨拶をせねばと思ったのかもしれない。フェリアはさして気にせず、ルークへの礼を返した。


ほどなく夜会が始まり、王太子が挨拶を終えた後は楽団が奏でる音楽がホールに響き始めた。

華やかに飾られた会場には立食で軽食やワインが用意されていて、美しく着飾った紳士淑女が楽しげに談笑をしている。

フェリアはヴィルと共に、王太子のすぐ傍に付き添っていた。

「フェリア殿、今日は本当にすまなかった。夫人は、あまり社交の場に出たくなかったのだとヴィルに聞いたよ」

ヴィルが他の者に声をかけられた隙に、ルークがこそっと申し訳なさげにそう言った。

「私はいつも自分のことで手一杯で、世の噂などにはあまり詳しくないんだ」

それはそうだろうと、フェリアは思った。フェリアに関する噂は、言ってしまえば下世話なものだ。小説が人気だとか、舞踏会でフェリアがアルフレッドに婚約破棄されたとか、その程度のことは情報として知っていても、ルークが深く気に留めることはなかったはず。

「いえ、とんでもございません……殿下にお気遣いいただき、光栄でございます」

すかさず頭を下げれば、ルークが聡明そうな青い瞳を細める。

「夫人は、私が以前ヴィルに命を救われたことはご存じだろうか？」

「……はい、夫から少し話を聞いております」

「ヴィルは命の恩人だ、そして……私の英雄でもある」

一人の騎士をあまり贔屓にしていると知られるのもまずいと思ったのか、ルークはさらに声を潜めてそう言った。

「英雄……でございますか？」

「そうだ。私を救ってくれた時のヴィルは、まさしく物語のなかの英雄のように勇敢だった。私のために……まだ力のない、未来がどうなるかも分からぬ王太子のために、彼は迷わず命を懸けてくれたんだ。私はあの時から……ずっと彼に憧れている」

しっと人差し指を口元に当てて、ルークが笑う。

フェリアは思わず目を瞬かせ、それからぱっと顔を輝かせた。胸に喜びが込み上げてきて、人目がなければ飛び上がりたいほどだった。

「私もです……殿下、私も夫に憧れているのです」

フェリアにとっても、ヴィルは英雄なのだ。

同じようにヴィルを思う同志がいたこと。そして王太子が彼の素晴らしさを理解していたことが、堪らなく嬉しかった。

ルークもまたフェリアと同じような笑みを浮かべ、大きく頷く。

「私は今日、ヴィルがここに来てくれたことをとても心強く思っている。夫人にも心からの感謝を……本当にありがとう」

ヴィルが会話を終えてこちらに戻ってくる。

それを見て、ルークはこほんと一つ咳払いをした。

「では夫人、どうか夜会を楽しんでくれ。私の近くにいてもらえれば、そんなに失礼なことを言ってくる輩もいないはずだ」

彼の気遣いに、フェリアは再度感謝の言葉を述べた。

その後も王太子の周りには次々と出席者らが挨拶をしに来たが、ヴィルはずっと彼の傍らにいて離れようとしなかった。

——やっぱり、ヴィルは王太子殿下の身辺警護でここへ来たのね。

先ほどのルークとの会話からも、それはもう間違いないだろう。

フェリアはヴィルの邪魔をしないよう、彼から数歩だけ下がり、できるだけじっとしていることにした。

それから、何となく周囲を見渡してみる。

――あら……マーリィさんがいない？

あえて彼女を探したわけでもないのだが、ふとそれに気付いてしまった。

しかし、おかしなことではない。別室や庭園で休憩しているのかもしれないし、周辺を警備しているだろうアルフレッドに会いに行ったのかもしれない。

気に留めることでもないと、すぐに視線をこの場に戻す。

ちょうどその時、若い令嬢が二人遠慮がちにこちらに近寄ってきた。

「あの……」

「もしかして、そちらの男性って……」

二人はちらちらとヴィルを見上げて頬を染めている。

先ほどマーリィたちと話した時にはいなかった顔だ。

「夫のヴィルです」

紹介すると、二人はきゃっと黄色い声を上げて手を叩いた。

「ほら、やっぱり、私が言った通りだったでしょう！　きっとヴィルさまだって！」

「信じられない、見違えたわ！」

盛り上がってから失礼だったと気付いたようで、揃って「失礼いたしました」と頭を下げた。どうやら悪気はなさそうだ。フェリアは「気になさらないで」と微笑んだ。

二人とはこれまで話したことはないが、顔は見覚えがある。名前はすぐに思い出せないけれど、伯爵家の未婚の令嬢だ。彼女らはフェリアに対してなんの敵意も持っていないように見える。

——社交界にいる人が、みんな私の噂を鵜呑みにしているわけではないのよね。

フェリアとこれまで交流がなかったのも、単純にきっかけがなかったり、話しかけづらかっただけということもあるだろう。

「名前を呼ばれただろうか？」

ヴィルがこちらに気付いて振り返る。

令嬢は顔を見合わせ、揃って頬を染めた。

「あの、よかったら、後で一曲踊っていただけませんか？」

フェリアとヴィルを交互に見比べて、一人が言う。

夜会のダンスマナーは宮廷舞踏会ほど厳格ではないから、未婚の令嬢から既婚男性を誘っても問題はない。だがヴィルは悩む様子もなく首を横に振った。

「すまない、オレは妻以外とは踊らないんだ」

フェリアの腰を抱き寄せてヴィルが言う。

その低いトーンの声に、フェリアは思い切り顔を赤くした。

彼にルークの警護があり、傍を離れたくないだけだと分かっているのに、胸が勝手にきゅうと苦しくなってしまう。

——いつの間にそんな気障《きざ》な断り文句を言うようになったの……。

なんだか少し悔しいような気持ちになって夫を見上げると、満面の笑みで首を傾げられた。そして気付く。ヴィルが――この夫が、どんな理由があれ、心にもないことを言うはずがないと。

さらに顔を赤くするフェリアを見て、令嬢たちが両手で口元を覆った。

「愛されておられるのね……」

「とても羨ましいわ」

ぽーっと顔を赤らめて声を合わせる。

そして少し歓談した後、二人はにこやかに他のダンスパートナーを探しに行った。

「二人で一曲踊ってきてくれてもいいんだ」

近くで話を聞いていたルークが気遣うようにそう言った。彼の周りには他にも護衛がいるため、ヴィルが少し抜けるぐらい問題はないのだろうが、フェリアは遠慮した。今日は夫の仕事の邪魔をしないことが一番だ。

ただ、フェリアも緊張しているのは確かで、少し疲れを感じてきた。ヴィルに「風に当たってきます」と声をかけ、ワインを手に一人バルコニーへと向かう。

夜風はほどよい冷たさだった。ワインでほてった頬に心地よい。また今日は天気もよく、月も星も綺麗に見えていて、眺めているとほっとできた。バルコニーの下に広がる庭園には小さな池が整備されており、そこに映る月も美しい。

「やあフェリア」

だが、静かな時間は長く続かなかった。

聞き覚えのある声に振り向くと、騎士服姿のアルフレッドが立っている。

「アルフレッド」

フェリアは声にはっきりと不快感を込めてその名を呼んだ。

「何か御用かしら？　あなたは今日、この場の警護だと聞いていたけれど……」

アルフレッドはパーティーの参加者ではない。

だから話す機会もないと思っていたのに、わざわざ向こうから声をかけに来るなんて。

「別にサボっているわけじゃない。警護を任じられた第一部隊の隊長として、殿下たちにご挨拶に来たんだ。そうしたら君が寂しく佇んでいるのが見えたから、親切心で声をかけただけさ」

「そう……お気遣いくださってありがとう」

他に何と返していいか分からず、フェリアはそう言った。

フェリアにとってアルフレッドは、もう二度と関わりたくない相手である。文句を言いたい気持ちもあるにはあるが、アルフレッドと揉めることはハーバー家のためにならない。

——私に関わりたくないのは、アルフレッドも同じだと思ったけれど。

彼にはマーリィという新しい恋人がいる。彼女の手前、元婚約者であるフェリアとは話したくないはずだ。

そこまで考えたところで、フェリアはふと首を傾げた。

「マーリィさんはご一緒ではないの？」

フェリアがバルコニーに出てくる前も、マーリィはまだ会場に戻っていなかった。

彼女はアルフレッドに会いに行ったわけではなかったのか。

「マーリィ？　ああ、彼女のことはもういいんだ」

「もういい？」

投げやりな物言いに、フェリアは眉を寄せた。

「どういうこと……？」

「なんだ、そんなに気になるのか？」

気になるか、気にならないかでいえば、それは気になるに決まっている。

アルフレッドとマーリィのせいで、自分がどれだけ散々な目にあったと思っているのか。

――まさか、別れたのかしら？

だが、マーリィは先ほどそんな素振りを欠片も見せなかった。

アルフレッドに聞いてみたい気もしたが、それだと「気になっている」と白状するようなものだ。

「別に……どうでもいいことだわ」

「つれないな、元婚約者に対して」

アルフレッドが「はっ」と馬鹿にしたよう笑う。

――彼と話していても、不快になるだけね……。

フェリアはため息をついてバルコニーを後にしようとした。

「ヴィルは随分変わったようだ。……フェリア、そんなに悔しかったのか？」

だが彼の隣を通り過ぎようとしたところでそんなことを言われ、フェリアは足を止めた。

「……なんの話？」

「ヴィルを変身させて、ぼくに見せつけようと思ったんだろう？」

言っている意味が分からない。眉を寄せてアルフレッドを見ると、彼はごく真面目な顔でフェリアを見つめていた。

「アルフレッド？」

「君はぼくを愛していたから、婚約を解消されても諦めきれず、なんとかぼくの気を引こうと同僚であるヴィルと結婚をした。そうだろう？」

そんな名探偵のような顔で的外れな推理をされても困る。

「違います」

フェリアは腹が立つより、呆気に取られてそう言った。

ローディ家が『さっさと結婚しろ』という条件を出したことを忘れたのだろうか。

「ヴィルは最初から素敵な人よ。そして私は彼を好きになって結婚をしたの。あなたは関係ない」

きっぱりとそう言うと、アルフレッドが不満そうに眉をひそめる。

「あら、フェリアさまったら……まだアルフレッドさまに言い寄ってらっしゃるの？」

馬鹿にしたような女性の声が聞こえたのは、その時だった。

先ほどフェリアに嫌みを言った女性が数人、会場からこちらを見つめている。

そのうちの一人は、フェリアに『夫を侮辱するのはやめてください』と言われ鼻白んでいた女性だ。

なんとかやり返したくて、フェリアが王太子とヴィルの傍を離れるのを待っていたのだろう。表情が生き生きとしている。

――本当に、アルフレッドといるとろくなことがないのね。

フェリアはもう一度ため息をつき、今度こそ場を離れようとした。だがホールに戻ろうとした瞬間、女性に強く肩をぶつけられてしまう。

「あっ」

フェリアが手に持っていたワイングラスが傾き、中身が零れて手とドレスにかかった。父がプレゼントしてくれた、お気に入りのドレスだったのに。フェリアは信じられない思いで顔を上げた。

「何をするのですか」

「あら、申し訳ございません。わざとではないのよ……わざとでないなら許してくれるのでしょう?」

以前の舞踏会で、フェリアがマーリィに水をかけたことを当てこすっているのだ。

――あの時は、私が彼女に手を振り払われたのよ……!

そう言い返したかったけれど、彼女が信じてくれるとは思えない。

何より騒動を起こせばヴィルに迷惑をかける。

――ヴィルは、王太子殿下をお守りするという大切な任務の途中なのだもの。

彼の気をそらすようなことをしてはならない。

「……ええ、そうね。気になさらないで」

低い声で答えて、フェリアはドレスのポケットからハンカチを取り出した。ワインがかかったところを拭こうと思ったのだが、ハンカチと一緒に母の形見のバレッタが出てきて、地面に落ちてしまった。

「あっ」

バレッタはお守りに持ってきていた。

〝こういう事態〟が起こるのではないかと、心の底では不安だったたからだ。

動揺するフェリアをよそに、アルフレッドがバレッタを拾う。

「このバレッタ……ぼくが昔あげたものじゃないか」

「返して！　それは……」

フェリアはハッと我に返ると、慌ててアルフレッドからバレッタを奪い返した。

だがアルフレッドの視線は自分ではなく、自分の背後に向けられている。

嫌な予感がして振り返ったフェリアは、今度こそ顔色をなくした。

「ヴィル……」

ヴィルが少し向こうに立ってこちらを見ている。きっとバルコニーの様子がおかしいと思って来てくれたのだろう。

だがいつも太陽のように輝いている褐色の瞳に力がない。眉は僅かに下がり――一言で言うなら、不安そうに見えた。

フェリアはそこでようやく、彼の視線がバレッタに向けられているのに気付いた。

「違うわ……ヴィル！　このバレッタは……」

いまの話を聞かれたのだと悟って、フェリアは説明を口にしようとした。

だけど言葉が詰まってしまう。信じてもらえるか不安で、胸が押しつぶされそうになったからだ。

フェリアは、普段からヴィルの前でもこのバレッタを使っていた。聞かれることもなかったから、母の形見だと話したこともない。

いまさら母の形見だと言って、それを信じてもらえるだろうか。守り花刺繍も地方にしかない風習だから、知らない人には苦しい言い訳と取られるかもしれない。分からない。自信がない。だって、あんな表情のヴィルを見るのは初めてだ。

「ヴィル」

アルフレッドが、勝ち誇ったような顔でヴィルを見つめた。

「ほら、言っただろう。やっぱり〝当てつけ〟だった」

僅かにヴィルの眉が寄る。

フェリアは小刻みに首を横に振った。

〝当てつけ〟という言葉が二人にどういう意味を持つのかは正確に分からないが、フェリアは本能的に恐ろしい響きだと感じ、背筋が凍った。

誰に何を言われても、フェリアは耐えられる。

だけど、ヴィルに嫌われるのだけは――嫌だ。耐えられない。

「違うの……ヴィル。このバレッタは……確かにアルフレッドからもらったものだけど、母の形見で……」

なんとか声を絞り出したが、怖くてヴィルの顔が見られない。

――お願い、疑わないで……！

だがフェリアの願いをあざ笑うように、周囲からはひそひそ声が聞こえてくる。

「母の形見ですって……」

「アルフレッドさまからもらったものなのに？　言い訳にしても苦しいわ」

水を得た魚のように話す女性たち。その言葉は当然ヴィルにも聞こえているだろう。

フェリアはぐっとバレッタを握りしめてバルコニーの白い柵に駆け寄ると、それを思い切り下へ向かって投げ捨てた。

「私が愛しているのは……ヴィル、あなただけ……」

バレッタが庭園にある池に落ち、ぱしゃんと寂しげな音を立てる。

「お願い、ヴィル……私を嫌いにならないで」

フェリアの言葉はヴィルに届いただろうか。分からない。なぜならフェリアがそう言って振り返った時には、ヴィルはすでにバルコニーの柵を跳び越えていたからだ。

「え？」

その場にいた全ての人間の声が重なった。

同時に、ヴィルが池に飛び込む大きな音が会場中に響き渡る。

誰もが一瞬、何が起きたのかを理解できなかった。

フェリアはもちろん、先ほどまで嫌みを言っていた女性たち、アルフレッドまでもがぽかんと口を開いている。騒ぎに気付いて、他の参加者たちも続々とバルコニーの近くに集まってくる。

フェリアは我に返ると、バルコニーの白い柵から身を乗り出した。

「ヴィル！」

会場は二階である。彼に怪我はないか。肝を冷やしながら名前を呼ぶと、ヴィルが片手を突き上げて池のなかで立ち上がった。

「ああ……！」

腰が抜けそうになりながら安堵の声を漏らす。良かった、大きな怪我はなさそうだ。

それから彼の手に母の形見のバレッタが握られているのに気付き、フェリアは目に涙を浮かべた。

「フェリア！　すまない！　オレは……オレは！　動揺した！　君がいつも身につけているものがアルフレッドからもらったものだと知って、嫉妬をした！」

ぐっとバレッタを握りしめ、ヴィルが叫ぶ。

「一瞬でも君の心を疑った！　君が悪いんじゃない！　オレに……自信がないからだ！　君に愛される男だという自信が、オレにないから！」

「ヴィル……」

「君は美しくて、教養があって、いつも凛としていて、優しい！　それに比べてオレはどうだ！　オレは君と結婚するまで、女性とまともに会話をしたこともない！　縁談だって何度振られてきたか分からない！　オレは……君のように素敵な女性がオレの妻になってくれた幸運を、今日までずっと信じられずにいた！　神の気まぐれではないか、夢はいつか覚めるのではないか！　そんな風に思っていたんだ！」

宮殿中に届くのではないかというほど大きな声で、ヴィルは言葉を続けた。

「そんなオレの弱い心が君を傷つけた！　君に母親の形見を捨てさせた！　オレは、オレが情けない！　もう二度と同じ過ちは繰り返さないと誓う！　オレは……フェリア！　オレは君を愛している！」

見開いたフェリアの菫色の瞳から、ぽろぽろと涙が零れ落ちる。

フェリアは両手を口に当て、嗚咽《おえつ》を堪えながら夫の姿を見つめた。

「君を想う心は誰にも負けない！　オレはもう、オレを疑わない！　君を世界で一番幸せにできるのは、オレだ！　フェリア！　君を愛している！　どうかこれからも、ずっとオレの妻でいてくれ！」

丁寧にセットしたはずの赤髪からは水がしたたり、仕立てたばかりの礼服も濡れて酷い様だ。

だけどフェリアは、その彼を世界中の誰よりも素敵だと思った。

「わ……私も……ヴィル……」

フェリアは白い柵を両手で握って身を乗り出すと、震える声を振り絞った。

「私もあなたを愛している！　この世界の誰よりも、あなたを！　ヴィル！」

大粒の涙を零しながら叫ぶフェリアに、ヴィルが嬉しそうに笑う。そして池から出ると、バルコニーの下で両手を広げた。フェリアは迷わずに柵を乗り越えた。赤い羽の蝶のように、彼の胸をめがけて飛び下りる。

「フェリア」

ヴィルは軽々とフェリアを受け止めた。

「すまなかった」

耳元で囁かれた言葉に、首を横に振る。

「……私は嬉しかった」

返事をするとヴィルは目を細め、フェリアの手にしっかりとバレッタを握らせた。

「大切なものだ。フェリアの母君の形見なのだから」

フェリアはバレッタを握った手を胸に当てると、鼻をすすって頷いた。

それから、そっと彼の首に両手を回す。

見つめ合う二人の唇は自然と重なり、少し遅れて、二階の会場から割れんばかりの拍手が沸き起こった。

「素晴らしい愛の告白だわ」

「色々と噂はあったけれど、お二人は真に想い合う夫婦だったのね」

口々にそう話す声も聞こえ、フェリアは顔を真っ赤にして彼から唇を離した。

気分が盛り上がって、衆目の前だと失念していたのである。てっきりヴィルも同じように照れていると思ったのに、彼は情熱的な眼差しでフェリアだけを見つめていた。

「オレが何も考えずにフェリアを抱き留めたから、ドレスが濡れてしまったな……」

「いいの……びしょ濡れになったって構わないわ」

周囲のことなど気にならない様子でフェリアだけを瞳に映すヴィルに、胸を高鳴らせながら答える。ヴィルは微笑み、濡れた髪を片手でかき上げた。

――胸が苦しい。

ヴィルがいつにも増して格好良く見えて、心臓がどうにかなりそうだ。

血が沸騰しているのではないかと感じるぐらい、全身が熱い。彼を好きで、好きで堪らないという気持ちが体のなかで爆発しそうな気がした。

それから、盛り上がるバルコニーを見上げる。

フェリアは込み上げてくる感情のまま、ぎゅっとまた彼の首に抱きついた。

ちょうどアルフレッドが背中を向けて去っていくところで、フェリアをからかっていた女性たちが戸惑うように顔を見合わせているのが見えた。

柵の近くでは、先ほどヴィルにダンスを申し込みに来た二人の令嬢が嬉しそうに手を叩いている。

――ヴィルはいつも、私の世界を変えてくれる。

社交界で、こうして好意的な拍手が向けられる日がくるなんて思いも寄らなかった。

初めて出会った時も、あの広場でも、いまも――ヴィルはフェリアの世界を変えてくれる。

フェリアは胸がいっぱいになって、また目に涙を浮かべた。

二階から「あれは……？」という声が聞こえたのは、その時だ。

「あれ？」

何かと思って顔を上げると、観衆の一人がバルコニーから池のほうを指さしている。

つられて池を見て、フェリアは「あ！」と声を上げた。

暗い夜空を映す池の上に、男が一人ぷかぷかと浮かんでいたからである。

ヴィルもすぐに気付いてフェリアを地面に下ろすと、急いで池に入って男を引き上げた。男は気を失っているのか、反応はないようだ――死んでいるのではないと思いたい。

「不審者だ！」

ヴィルが男の顔を確認してから声を上げる。すると周辺の警備を担っている第一部隊の騎士たちが慌てた様子で駆け寄ってきた。

騎士らは男を連れていこうとしたが、そこにバルコニーへ出てきたルークが「待て！」と鋭い制止をかける。

「その男の身柄は私が預かって調査する。他の者は下がれ！　ヴィル、その男を宮殿の地下牢《ろう》へ！」

「は！　了解いたしました！　フェリア……すまない、仕事ができてしまった」

フェリアは「私は大丈夫です」と答えて、一歩後退《あとずさ》った。

いったい何が起こったのだろうか。事態はさっぱり飲み込めないが、ヴィルの仕事の邪魔をしてはいけない。

本当に不審者が宮殿に侵入していたとすれば恐ろしいことだが、近くには第一部隊の騎士もいるから、フェリアが必要以上に怯《おび》える必要もないだろう。

二階の会場からは「何ごとか」と騒ぐ声が聞こえてくる。見上げると、隣のバルコニーにはオードリュ公爵も出ており、厳しい目をこちらへ向けていた。公爵の横には、アルフレッドも立っている。

――アルフレッド……？

この場の警備を預かるはずのアルフレッドが、不審者の侵入を許しておきながら何をのんびりしているのか。

フェリアは眉をひそめてから再び池のほうを見つめ——そして、少し離れた木の陰に人が隠れているのを見つけてしまった。二階からは死角になって見えないだろう場所に、女性が立っている。

——あれは……マーリィさん？

暗いのと、女性がヴィルのほうを向いているせいではっきりしないが、あの白銀色の髪はおそらくマーリィのものだ。淡い黄色のドレスも、今日彼女が着ていたものと一致している。

——そういえば、最初に挨拶をしてから……しばらく姿を見なかったような。

見つめていると、視線に気付いたらしい女性がこちらを向いた。

やはり間違いない、彼女はマーリィだ。

フェリアがそう確信した瞬間、マーリィは「しまった」とばかりに顔をしかめ、逃げるように身を翻した。

——いったい、何が起こっているというの？

奇妙な動きをする知り合いたちに胸騒ぎを感じ、フェリアは不安な気持ちでヴィルの背中を見送ったのだった。


不審者が宮殿に入り込んだということで、もちろんパーティーはすぐお開きとなり、参加者も厳重な警護のもと屋敷へと帰された。

フェリアもすぐに会場を後にしたが、ヴィルが屋敷に帰ってきたのは、その日の深夜になってからだった。
「ヴィル、大丈夫だったの？」

心配で眠れずにいたフェリアは、彼が寝室に入ってくる音で飛び起き、そう声をかけた。

ヴィルは「起きてくれていたのか」と微笑むと、ベッドに上がり、フェリアを優しく抱きしめた。

「うん、オレは大丈夫だ。入り込んだ不審者もあの男一人だったようで、あの後戦闘になるようなこともなかった」

「そう……良かった」

「男の詳しい取り調べは殿下の側近たちがやるようだ」

取り調べということは、池に浮いていた男は生きていたようだ。

「だからオレはひとまず帰ってきた」というヴィルに頷いてから、フェリアは彼の背中に腕を回し、逞しい胸に顔を預けた。

「……あの男性は、どうして池に浮いていたの？」

「殿下のお命を狙って宮殿に侵入したようだが……どうやら誰かに見つかって逃げている途中で庭に入り込んだらしい。そこで二階のバルコニーが騒がしくなり、他に隠れるところがなく池に飛び込んだようだ」

確かに、池の周りは開けた庭になっているから、すぐに近くに木陰などもなく、隠れる場所はなかっただろうが――。

「まさか……」

「うん。オレが飛び込んだところに、たまたま男が隠れていて踏み潰してしまい、気を失ったらしい」

フェリアは「まあ」と両手で口を押さえた。

そんな間抜けなことがあってよいのだろうか。

さらに詳しく話を聞きたい気もしたが、夫婦とはいえ部外者には話せないこともあるだろうと思い自重した。

「なんにせよ、オレも明日からしばらく忙しくなる。今日のこともあって、当分の間、殿下の警護を本格的に我々第五部隊が預かることになったんだ」

「……そうでしたか」

「うん、殿下の直々の頼みだ」

暗殺者に命を狙われているという、王太子の警護。きっと危険が伴うだろう。

フェリアはヴィルの身を案じたが、口には出さなかった。

ヴィルは以前、フェリアに『立派な男になるから信じてくれ』と言った。だからフェリアも、黙って彼を信じるのだ。本当は心配だけれど。ずっと安全な場所にいて欲しいけれど。

「ああ、そうだ。マーリィ殿もすぐに解放された。オレが調べたわけではないが、今回のことには関係ないということだ」

思い出したように言うヴィルに、フェリアは納得して頷いた。

庭園が見える場所の木陰に、ひっそりと隠れていたマーリィ。パーティーの参加者が庭園で休むのはよくあることで、おそらく無関係だろうとは思いつつも、フェリアは彼女を見たことを報告したのだ。マーリィは事情聴取を受けたようだが、案の定無関係であったらしい。

——やっぱり、彼女があそこにいた理由は別にあったのね。

フェリアはその〝別の理由〟に心当たりがあって眉をひそめた。

だがその理由を、任務で忙しいヴィルに言うのは憚《はばか》られた。

「そうだヴィル……池に飛び込んだ時に、怪我はしなかった？」

「もちろん、あれぐらいなんともない！　オレは頑丈なんだ」

元気よく頷くヴィルにほっと胸を撫で下ろしてから、フェリアは枕元を探った。そして彼が帰ってきたら渡そうと思って置いていた、守り花刺繡のお守りを手に取る。ヴィルが帰ってくるのを待つ間に仕上げをして、先ほど完成したのだ。小さな袋のなかには、教会でお守りとして配られるコインを入れてある。

「ヴィル……これを」

「これは？」

「お守りよ。そしてこの刺繡は、守り花刺繡というの。私が生まれた地方の風習で、生まれた月によって決まっている守り花を、その人の持ち物に刺繡して身につけていると災いを遠ざけてくれると言われていて……あのバレッタにある刺繡は、母が私に残してくれた最後の守り花刺繡だった」

「そうだったのか……」

話を聞いたヴィルが真剣な表情で頷く。

フェリアは長いまつげを伏せて、表情を翳《かげ》らせた。

「だけど、あのバレッタは確かにアルフレッドから……私が五歳の時にもらったもの。なんの説明もせず、あなたの前で身につけるのは軽率だったわ」

「フェリアは悪くないと言ったはずだ。大切な母君の形見なのだから、これからも同じように身につけていて欲しい」

ヴィルはフェリアの言葉を遮るようにそう言った。

それから守り袋を受け取り、嬉しそうに相好を崩す。

「これは……オレがもらってもよいのだろうか」

「もちろん。あなたのために作ったものよ」

「……ありがとう、一生大事にすると誓う！」

大切そうに守り袋を両手で握りしめてヴィルが言う。

フェリアもなんだか胸がいっぱいになって、彼の肩にしなだれかかった。

甘えるように名前を呼ぶと、ヴィルは守り袋を自分の枕元に置いてから、フェリアの腰を引き寄せてキスをした。

「ヴィル……」

「んっ」

唇を、唇で噛むように何度も口づけられ、息をする隙間から熱い舌がねじ込まれる。

フェリアはそれを、喜んで受け入れた。舌を絡めて、彼に続きを求める。

「あ……ヴィルっ、ん」

腕を伸ばしてヴィルの首に絡める。ヴィルはそれに応えるようにフェリアをベッドへ押し倒した。

口づけはさらに深くなり、ヴィルの手が、フェリアの細い腰や、小さい尻を撫でていく。

「ヴィル……あ、灯りは……」

「このままで大丈夫だ」

すでに部屋の灯りは蠟燭が一つあるだけで十分薄暗いが、〝特訓〟の時はそれも消す決まりだ。

だがヴィルは首を横に振ると、優しい手つきでナイトドレスを脱がしていった。

「なんだか……恥ずかしいわ」

ほの明かりの下で肌を晒すのは久しぶりだ。肌着も脱がされて生まれたままの姿になったフェリアは、両手を胸の前で交差させ、体を横に向けて足を閉じる。

「……フェリアは綺麗だ。どこも、全て……」

低い声で囁かれた言葉に、体がじわりと熱くなる。フェリアは恥ずかしくて堪らないのに、今日のヴィルはいたって冷静なようだ。興奮して顔を押さえる素振りもない。

フェリアが動揺しているうちに、ヴィルも着ているものを上着から脱ぎ去っていく。やがてズボンの前を彼がくつろげた時、フェリアは思わず「あっ」と声を出してしまった。

すぐに「はしたない」と思って口を両手で覆ったが、目はそこに釘付けになってしまう。

ヴィルは照れくさそうに指で頬をかいた。

「オレは……多分、自信がなかっただけなんだ。いや、もちろん最初は興奮しすぎていたし、ずっと緊張していたのもあるんだが……原因の元は、きっとそれだ。だがオレは心の弱さを乗り越えると誓った。そうしたら……なんと申しますか……こちらも……」

最後のほうになって急に畏《かしこ》まりながら、ヴィルが顔を赤くする。

今日はずっと格好良すぎた夫が、ようやくいつもの様子に戻ったようで、フェリアは思わず口元に笑みを浮かべた。上体を起こして、彼に身を寄せる。

「なら、今日は……〝特訓〟ではないのね？」

「うん……その、いいだろうか？」

フェリアは「もちろん」と頷いた。ヴィルが嬉しそうに笑い、またフェリアに口づける。そして二人でベッドに倒れ込んだ。

ヴィルがフェリアに覆い被さる。まずは首筋や鎖骨にキスを、それからつんと上を向く乳首を口に含んで吸われると、フェリアの口からは嬌声が漏れた。

「あ……気持ちいい……ヴィル……あっ」

反対の乳房の膨らみも、ヴィルの大きな手が揉みしだく。

フェリアは逞しい肩に手を置いて、彼に快感を伝えた。肌が擦れ合う度、二人の間には快感が生まれ、フェリアを幸福の頂へ誘っていく。その心地よさは、愛そのものだと思えた。

「やぁ、あ……」

「フェリア……愛している、君だけを」

ヴィルは胸へのキスをやめると、フェリアの耳元に顔を寄せてそう囁いた。低い声は耳にとても心地よい。体の芯が溶けていくようだ。フェリアは彼の胸に、自分の乳房を擦りつけることで愛を伝えた。

筋肉で覆われた彼の硬い体が強ばる。ヴィルは小さな唸り声を上げると、フェリアの小さな尻に両手を伸ばして揉みしだいた。

「はあ……は、ぁっ……」

お互いの熱が高まっていくのが分かる。ヴィルはフェリアの尻や、太ももという柔らかい部分を手のひらで楽しんでから、その股の間に触れた。節くれ立った長い指が、すでに濡れた秘裂を撫でる。それから、ゆっくりと熱い泥濘のなかに指を埋めていった。

「あぁっ……ヴィル……ぁっ」

敏感な膣《ちつ》のなかに指を挿入されて、フェリアは思わず手と足の指先に力を込めた。白いシーツがしわを作る。ヴィルは「はあ」と熱い吐息を漏らしながら、フェリアの首筋を吸った。

「フェリア……ああ、熱い……早く入りたくて堪らなくなる……」

「ヴィル……あ、私も……早くあなたと一つにっ……」

「まだ、ダメだ……フェリアを傷つけたくないんだ」

睦言《むつごと》を交わしながら、ヴィルがなかを広げるように指を動かす。薄暗い寝室には淫靡《いんび》な濡れた音が響いた。

初めは強ばっていた媚肉《びにく》も、彼の指に愛されてすぐに従順になっていく。蜜もとめどなく零れて、彼の動きに従っていやらしい音を立てた。

「っ、はあ、んっ……」

フェリアもその場所に指を受け入れるのは慣れたもので、貪欲に快感を拾っていく。

小さなあえぎ声を漏らす度に、ヴィルが息をする肩の動きも興奮したように大きくなった。

気がつけば膣に挿入された指は二本になり、なかでばらばらに動かされる。そして花芯を押しつぶされた瞬間、フェリアは体のなかで快感の粒が弾けるのを感じ、ひときわ大きな声を上げた。

「ああっ……」

フェリアが体をのけぞらせて快楽の絶頂に達したことを伝えると、ヴィルは大きく喉仏を上下させた。褐色の瞳が熱情を帯びて鈍く光る。

「……フェリア」

ヴィルは体内の熱を逃がすように名前を呼ぶと、まだ前をくつろげたままだったズボンを脱ぎ去り、フェリアと同じ生まれたままの姿となった。

フェリアは彼の鍛えられた体をうっとりと見つめ――それから大きく目を見開いた。

「……なんだか、いつもの……その……〝特訓〟で触れていたのとかなり違うような気がするわ」

「うん、男のものは、こうならないと行為ができないんだ」

「こうならないと……」

それにしても随分と――大きさと、反り返り方が違うような気がする。

〝特訓〟の時のそれをヴィルはよく『半分ぐらいの状態』と説明していたが、ちょっとばかり謙遜がすぎたのではないか。フェリアは不安とも期待ともつかない感情に胸をどきどきさせながら、上体を起こした。

「……触ってみてもいい？」

それが自分の体におさまるのか心配になってフェリアは訊ねた。

いや、触ってみたところでどうなるのか自分でもよく分からなかったが、とりあえず好奇心のままに訊ねる。ヴィルはさすがに顔を赤くして頭をかきながら、「ど、どうぞ」と頷いた。

フェリアはそっと両手でそれを包み込んでから、ぺたぺたと竿《さお》の部分に触れた。ここも筋肉なのだろうか、筋が浮かんでいて、逞しい感じがする。

さらに興味が湧いて先端のところを触ってみる。ここは柔らかい。そのまま手で撫でてみたり、擦《さす》ってみたりすると、頭上から「もう許してください」という、やや情けない声が降ってきた。

「そろそろ……暴発します……」

「暴発」

言葉を繰り返しながら顔を上げれば、ヴィルが両手で顔を覆って大きな肩を震わせていた。

フェリアは自分がとてつもなくはしたないことをしたことに気付いて顔を真っ赤にした。

「ご、ごめんなさい……ヴィル！　私……これが……は、入るのか不安で……」

慌てて言い訳をすると、ヴィルもまた真っ赤な顔で両手を前に突き出し「いいんだ、いいんだ」と言った。

「オレの体ならどこでも、フェリアには好きに触れて欲しいと思う。だけど、できれば今日は……

フェリアと一つになりたい」

それはフェリアも全く同じ気持ちだ。フェリアがもう一度「ごめんなさい」と言ってキスをすると、ヴィルは嬉しそうに目を細めた。

フェリアをもう一度ベッドに寝かせ、ヴィルはその足の間に座る。

「君が不安に思っているように入らないということはないと思うが……痛みを感じたら言って欲しい。止められるよう……努力する！」

フェリアはこくりと頷いた。とはいえ、初めては痛いと聞いている。多少の痛みがあっても、ヴィルと一つになれるなら我慢しようとフェリアは決めていた。

ヴィルが反り返った自身を片手で支えながら、濡れた場所に先端を当てる。そのままぐっと割れ目を押し開かれた瞬間、引きつるような痛みを感じて「ああっ」と悲鳴を漏らした。

「痛いか？」

「へい……き……」

フェリアは彼に向かって腕を伸ばした。

「でも、抱きしめさせて……なんだか、怖いの……」

「うん」

ヴィルが力強く頷いて、フェリアの体に覆い被さる。フェリアは筋肉が隆起する背中に、しがみつくように腕を回した。熱い杭《くい》がさらに奥へと入ってくる。フェリアは必死に足を広げてそれを受け入れた。

「はあ……あ、っあ、あぁ……」

じっとりと全身が汗ばんでいく。それは彼の体も同じで、触れ合う二人の濡れた肌が溶けていくような錯覚を感じさせた。

「これで全てだ……フェリア」

彼の欲望を全て受け入れた。

直感したと同時に、それを証明する言葉が聞こえ、フェリアの全身から少し力が抜けた。

今日も――今日までも随分指で慣らしてきたからだろうか、さほどの痛みはなかった。

「大丈夫か？　フェリア」

「ええ、ヴィル……」

瞳を閉じて頷いたフェリアの目尻から涙が零れた。狭い媚肉に、夫の熱情を受け入れているがゆえの生理的な涙だ。フェリアにはいま、痛みも苦しみもない。ただ満たされているという幸福感で体のなかがいっぱいだった。

だというのに、ぱたぱたと自分の頬にしずくが零れてくる。なんだろう？　と目を開くと、ヴィルが顔をくしゃくしゃにして泣いていた。褐色の瞳から、次々と涙が零れてくる。

「ありがとう……フェリア、オレは……幸せだ……オレとっ！　結婚してくれて、本当に……ありがとう！」

「……ヴィル。私も幸せ……同じ気持ちよ」

「一生、君を大事にする！　君だけだ……オレは、君以外誰もいらない……愛している、フェリア

「……君を……！」

肩を震わせて泣くヴィルの赤い髪を、フェリアは優しく撫でた。

見つめ合っているうちに、また唇が重なる。深い場所で繋がったまま、舌を絡め、唾液が混ざる。汗にまみれた肌は隙間を探すのが難しいぐらいにぴたりと重なって、互いの境界線も分からないぐらいだ。

ヴィルが組み敷いたフェリアの体を抱きしめつつ律動を開始する。熱を帯びた欲望が音を立てながら抜き差しされる。その度に言葉にならない恍惚《こうこつ》とした快感が体のなかに生まれ、フェリアは全身で夫にしがみついた。

「はあ、あ、ああ……」

抽挿が徐々に激しくなる。肌のぶつかる音が響く。

子宮のすぐ近くまで逞しい雄茎で穿《うが》たれて、目の前がチカチカする。

「ゔぃる……ああ、ゔぃる……あっ、そんなっ」

先ほどまで強ばっていた処女の媚肉が乱暴に引き伸ばされ、夫の形に変えられていく。

みちりと杭を呑み込む膣の入り口は摩擦に痛みを感じたが、それよりも奥を貫かれる衝撃のほうが強く、ひたすらにあられもない声が漏れた。

耳元からはヴィルの荒い息遣いも聞こえる。彼も興奮しているのだと思うと嬉しい。だが間もなくして、ヴィルから息が止まるような「っ」という声が聞こえると、膣の奥に熱いものが放たれた。

「あっ……」

子種だとすぐに分かった。彼から放たれる命の源を、この子宮が受け止めたのだ。

ヴィルは体を起こすと、肩で息をしながら繋がった場所を指で撫でた。

フェリアもまた恍惚としたまま、下腹に両手を当てる。まだ大きなものを呑み込んだままだから、触れると硬い気がする。

「フェリア……」

ヴィルが耳元で名前を呼ぶ。

「すまない、オレだけ……。もう一度してもいいだろうか」

情事の最中だからだろうか。

彼の声はぞくぞくするほど色っぽい。

フェリアはうっとりと頷いた。さっき手で触れた時「今日はなかで」と言っていたから、てっきり一度で終わりなのかと思っていたけれど、確かに腹のなかにあるヴィルのものは少しも萎えていない。

「あっ」

ヴィルが一度、奥を突く。

「ああっ」

また一度。堪らず顔を横に向けると、フェリアの口からたらりと唾液が漏れた。

「フェリア……、フェリアッ」

ヴィルが片手でフェリアの足を持ち上げ、奥を貫き始める。

しかも先ほど自分だけ先に達してしまったことを気にしてか、反対の手で花芯をいじられてしまい、フェリアは激しく声を上げてあえいだ。

「あああっ、だめぇ、あっヴィル……そんな……あっ、いやあっ」

気持ちよすぎて、目から涙がぽたぽたと零れる。

次にヴィルは、繋がったままフェリアの体をうつ伏せにした。陰核を触られたまま、後ろから何度も抽挿されて、フェリアは堪らず高い嬌声を漏らして絶頂に達した。

「はあ……あ……あっ、うそ……っも、そんな……」

「すまない……あと少し」

律動が止まらない。

ヴィルは、どうしようもないのだという声で囁くと、フェリアの細い腰を掴んでさらに激しく奥を貫いた。フェリアは両手を前に伸ばしてシーツを掴むと、黄金色の髪を振り乱した。

「ああ、あっ、だ、めっ……ああっ、あっ……やぁああ」

達したばかりの敏感な体に容赦なく雄茎を打ち込まれる。あまりに激しいその動きに、脳が震えるとはこのことだとフェリアは思った。目の前が真っ白になる。強制的に絶頂への階段を上らされる。気持ちいい。それ以外何も考えられない。

額から汗がしたたり落ちる。肌が粟立《あわだ》つ。ヴィルがひときわ強く奥を穿ち、膣の奥へ熱い欲望を解き放つ。その瞬間、フェリアもまた再び快楽の絶頂に達し、喉をのけぞらせて嬌声を上げたのだった。

行為の後、すっかり脱力してぴくりとも動かなくなったフェリアに、ヴィルは慌てふためいた。そしてズボンを穿くと急いで湯を汲んできて、布で綺麗にフェリアの体を拭いてくれる。色々と恥ずかしい場所も拭かれてしまったが、遠慮することもできないぐらい、フェリアはへとへとだった。

「……すごかったわ」

体がすっきりとし、気持ちも少し落ち着いてきたところで半ば呆然としてそう言った。自分でも他にもう少し言葉がなかったのかと思うが、冷静に考えても見つかる気がしない。まさか〝特訓〟と〝本番〟がこうも違うとは。

「すまない……無理をさせた」

隣で正座しながら、申し訳なさそうにヴィルが頬をかく。

フェリアはぱちぱちと瞬きをしてから、上半身を起こして彼の肩にしなだれかかった。

それから、「えいっ」とヴィルの頬を指でつつく。

「フェリア?」

首を傾げるヴィルの耳元に、フェリアはこそっと「気持ちよかったということよ」と呟いた。はしたないかもしれないが、ヴィルは気にしないだろう。

案の定、ヴィルは眦を下げて「そうか」と顔を真っ赤にして笑った。

「ヴィルと一つになれて……本当に幸せ」

「オレも幸せだ、本当に……世界で一番幸せな男だ、オレは」

「お腹のなか、まだヴィルのものが入っているようよ」

「それは……フェリア。そういうことを言われると、また君を抱きたくなるんだが」

ヴィルの頬をつんとしたり、肩にしなだれかかったり、思い切り甘えながら睦言を交わしていたところにそう言われ、フェリアは彼の膝の上に座った。

首に手を回し、耳元で囁く。

「しちゃう?」

「しかし……フェリアの体が……」

「大丈夫……鍛えているもの」

ヴィルの顔がまたも真っ赤になった。

フェリアはそれを答えと受け取り、彼にキスをしながら共にベッドに倒れ込んだのだった。


翌朝はさすがに走るのを休んで、その時間ベッドで思う存分いちゃいちゃした。

キスをしたり、キスをしたり、キスをしたり――特別な朝だからだろうか、ヴィルはいつもの時間に仕事へ行かず、ゆっくりしている。普段の出勤時間は早すぎると自分でも言っていたから、これぐらいで本来問題ないのだろう。なにせまだ朝日が昇ったところだ。

フェリアの足腰がふらふらだったので、朝食は食堂でなく部屋へ運んでもらうことにした。

小さなテーブルにパンとベーコンエッグ、デザートの果物が載った皿を並べると、フェリアは二つ向かい合うように置かれていた椅子を一つ、よいしょと彼の隣に移動させた。

それからヴィルと並んで座り、パンをちぎって「あーん」と彼の口まで運ぶ。

ヴィルは真っ赤な顔で「美味しい！」とパンを食べた。

続いて彼の肩をちょんちょんと指でつつく。

「ねえ、私も食べさせて欲しいわ」

「ど、どうぞ！」

「本当、美味しい！」

ちゃっかり自分も食べさせてもらって微笑みかけると、ヴィルも嬉しそうに笑う。

フェリアはだんだんと気分が盛り上がってきて、椅子から立ち上がると、ヴィルの膝の上に向かい合って座った。

行儀は悪いが、いまは二人きりで他人の目もない。フェリアはとにかく、ヴィルといちゃいちゃしたかった。

「果物も美味しそう。ね、どうぞ」

デザートの葡萄《ぶどう》の皮を剝いてヴィルの口に近づける。彼は見るからにどぎまぎしつつも、フェリアの腰を摑んで幸せそうに笑った。そして葡萄をぱくりと食べてから、「幸せの味がする」と男泣きした。

その後、ヴィルが仕事へ行く支度をする間も、隙を見てキスをしたり、夫の頰を突いてみたりと目一杯いちゃついてから、フェリアは彼を玄関ホールまで見送りに出た。

――寂しい。

ヴィルが仕事へ行ってしまうと思うと、急に気持ちがしょんぼりしてくる。

今日から、ヴィルは正式に王太子警護の任務に就くと言っていた。忙しくなるだろうし、彼の身が心配だ。だが騎士の妻たるもの、そんな不安はおくびにも出してはいけない。

フェリアは満面の笑みを作り、背伸びをしてヴィルの頬にキスをした。

「いってらっしゃい、ヴィル。……どうか気をつけて」

「ありがとう……しばらくは帰ってこられない日もあると思う。心細い思いをさせるが……」

ヴィルの胸に抱きついて囁く。すると逞しい腕で腰を引き寄せられた。顔を上げると、唇にキスが落ちてくる。角度を変え、何度も、何度も。情熱的な口づけだった。

「あなたが無事なら、私はそれでいいの」

唇からうっとりした吐息が漏れ、腰がくだけそうになる。

ヴィルは名残惜しそうにキスをやめ、懐からフェリアが作った守り袋を取り出した。

「フェリアがくれたこのお守りを、君だと思って肌身離さずにいる」

大切そうに守り袋を握りしめるヴィルに、フェリアは微笑んで頷いた。

走って職場へ向かう夫に手を振った後は、私室に戻り、用意された紅茶から上がる湯気を眺めてヴィルの身を案じてから、ぱんっと両手で頬を叩いた。

――私も、いつまでも寂しがっていられないわ。

フェリアにも、フェリアの戦いがある。

立ち上がって小棚の引き出しを開き、小さなメモ帳を取り出す。

ドレスのポケットに入る大きさに切った紙を、十数枚束ねて紐《ひも》を通したもので、一番前の用紙にはフェリアを『悪役令嬢』にした小説のタイトルが書かれている。なかをめくると、びっしりと話のネタと思わしき文章が記入されていた。

――これはきっと……ネタ帳というものね。

作家はいつもこういったメモ帳を持ち歩いているのだと、フェリアも何かで聞いたことがある。

昨日のパーティーで、マーリィが隠れていた場所にこれが落ちていた。騒動の後、混乱に乗じてこっそり覗きに行って見つけたのだ。

――まさか、マーリィさんがあの小説に関わっていただなんて……。

マーリィがあの小説を書いたのか、もしくは作者にネタを提供していたのか。

彼女がこれを落とした以上、関わりがあったことに違いはない。

――アルフレッドと結ばれるために、私を『悪役令嬢』にして評判を落とそうとしたの？

マーリィがフェリアを陥れようとしていることは、婚約破棄をされた舞踏会でグラスを振り払われたことから察していた。

だがまさか、こんな大がかりなことまでしていたとは。

それほどアルフレッドのことが好きだったのだろうか。

――もう……あまりアルフレッドと上手くいっていないようだったけれど。

そこまでするほど好きだった相手と別れてしまったと思うと、少しだけ同情する。

けれどフェリアは、すぐに頭を振ってそれを打ち消した。

——だからって、これまでされたことを許せるわけではないわ。

あの小説のせいで、フェリアがどれほど大変な目にあったか。

謂れのない悪評を立てられ、婚約破棄され、父親にも大変な苦労をかけた。

結果的にヴィルと結婚できたのはフェリアの人生にとって最大の幸福であったが、だからといってされたことを許せるわけではない。

——マーリィさんと話をしなくては。

昨日のパーティーで、あの小説に近々続刊の予定があるという話も聞いた。

小説が人気になるのは結構だが、そこで『悪役令嬢』扱いされている身としては堪らない。根も葉もない噂を立てられるのはもうごめんだ。

続刊の中止か、フェリアを『悪役令嬢』扱いすることをやめてもらう必要がある。

何より、フェリアは彼女に謝罪をして欲しかった。

——そうでないと、『悪役令嬢』扱いされて酷い目にあった自分が報われないわ。

ヴィルと結婚する前の自分なら、きっと黙って一人で我慢していた。

誰かと争ってまで自分を大切にしようとはきっと思わなかっただろう。

——でも私は〝熱血騎士〟の妻だもの。

フェリアは彼の妻として、胸を張れる自分でいたかった。

そのためには、どんなことにも熱い心でぶつかっていかなくては。

――マーリィさんは……郊外の別荘を借りて住んでいるのよね。

マーリィのリールス子爵家は、田舎に小さな領地を持っていて、さほど裕福ではないようだ。

王都に屋敷も持っておらず、社交シーズンにだけ貸し別荘に泊まっている。

すでにシーズンは終わっているが、マーリィはアルフレッドとの付き合いもあったからか、まだ別荘を借りていると昨日の夜会で人から聞いた。

――でも、やっぱりヴィルに一言伝えるべきだったかしら。

昨日の騒動がふと頭をよぎる。

暗殺の危機にある王太子を守るという重大任務に就く夫に、自分のことを切り出すのは気が引けてしまったのだ。

だがマーリィは昨日すでに取り調べを受けた上で家に帰されているわけで、事件に関わりがなかったことは証明されている。

マーリィとて、アルフレッドを奪うためにフェリアを貶《おとし》めたとは世間に知られたくないはずなのだ。大事になることはないだろう。

仮にも立場のある貴族の女性同士。

人目のある場所で小説のことを話すぐらい、特に問題はないように思えた。

――大丈夫。

忙しいヴィルに心配をかけることもない。

フェリアはぐっと拳を握り、メモ帳を強く睨みつけたのだった。

六章　熱血とは何か。

その日の午後、フェリアは早速マーリィの住む貸し別荘へと向かった。

朝のうちに使者を出して『昨日、あなたが落としたメモ帳を拾った。書かれてあった秘密のことで話がしたい』という旨の手紙を届けたところ、向こうから早馬で『すぐに会いたい』と返事が届いたのだ。

マーリィも自分があの小説に関わっていたことを世間に暴露されてはいけないと思っているのだろう。

とにかく善は急げと、フェリアは手紙を受け取ってすぐに馬車を出した。おちおちしている間に続刊がやめられなくなっては大変だし、原稿を修正してもらうにしても、早くしたほうが作者にも出版社にも負担が少ないはずだ。

別荘は王都の郊外、うっそうとした木立の手前にぽつんと建っていた。

三角屋根に小さな煙突がついた白壁の建物だ。屋根や窓、ポーチにはちょっとした装飾が施されているが、全体的に年季が入っており、古い建物という印象を受ける。

周辺は静かといえば聞こえはいいが、何もなく寂しい場所である。景観も悪く、街道は近いが、街までは少し遠く不便だ。社交シーズンに、地方貴族に安く貸し出すためだけに建てられたような別荘だった。

車寄せに馬車を停めた後は、少し考えてから、フェリアは連れてきた侍女と御者を残して別荘へ向かった。マーリィからの手紙には二人きりで話したいとも書いてあったからだ。フェリアは念のため、屋敷には入らず、外で話をするように言うつもりだった。

玄関の前に立つと、フェリアはお守りにつけてきた髪留めの位置を軽く直してから、一度大きく深呼吸をした。

玄関ベルを鳴らすと、すぐに扉が開きマーリィが顔を見せた。

――使用人はいないのかしら？

いきなり本人が出てきたことに少し驚いた。フェリアが想像していた以上に子爵家の生活は苦しいのかもしれない。

大きな薄緑色の瞳が、怯えたように揺れながらフェリアを映す。

「今日はお招きいただいてありがとう」

ひとまず挨拶をすると、マーリィが青ざめた顔で「どうぞ、お入りになって」と声を震わせた。

よほど小説に関わっていたことをバラされたくないのだろう。

フェリアは彼女に「外で話そう」と提案しようとしたが、その前にはっと息を呑んだ。

「……アルフレッド？」

マーリィのすぐ背後、扉で隠れた場所にアルフレッドが立っていたからだ。

騎士服ではなく、以前広場で出会った時と同じフードのついた外套を纏っている。

――どういうこと？

混乱したが、すぐにこの状況は良くないと気付き、フェリアは外で待つ御者らに向けて声を上げようとした。だがそれより早く、アルフレッドが「声を出すな」と低い声で脅す。

アルフレッドの右腕が、見せつけるように動く。彼の手には短銃が握られており、銃口はマーリィの背中に突きつけられていた。

フェリアは最初、マーリィとアルフレッドの二人に嵌められたのだと思ったが、状況を鑑みるにどうも違うらしい。

「……大声を出せば、この女を撃つ。君の命も、外で待つ者の命もないと思え」

フェリアは喉を大きく上下させながら頷いた。指示されるままに後ろ手で扉を閉める。すると奥の部屋から男がまた数人こちらに出てきた。

「アルフレッド、これはどういうことなの……？」

「質問するのはこちらだ、フェリア。君が昨夜のパーティーで拾った『秘密』が書かれた紙を出すんだ」

「『秘密』の書かれた紙？」

首を傾げる。思い当たるものは一つしかない。フェリアは戸惑いつつもポケットから、昨夜拾った小説のネタ帳を取り出した。

――小説のことに……アルフレッドも興味があるの？

銃まで持ち出してフェリアやマーリィを脅したことが公になれば、アルフレッドもただではすまないだろう。そんなリスクを冒してまでネタ帳が欲しいのか。

そんなはずがないと思うのに、他にこの状況に説明がつかない。

アルフレッドがネタ帳を乱暴に奪い取り、いつもより翳った青い瞳をさっと上下に動かして内容を確かめる。それから思い切り顔をしかめた。

「……なんだこれは？　ふざけているのか」

「それはこちらの台詞だわ。それは……単なる小説のネタ帳ではないの？」

それを聞いたアルフレッドが、とても微妙な表情を浮かべた。

「……君が拾ったという紙は、シュレンガの栽培地が書かれているものじゃないのか？」

シュレンガ？　とフェリアは眉をひそめた。初めて聞く単語だ。

「なんの話？　私は昨日のパーティーで、マーリィさんが隠れていた場所にこの紙が落ちているのを見つけたの。私を陥れた小説に彼女が関わっていると思って、ここへ話をしに来ただけよ」

彼らが何か勘違いしていることに気付いて自分の状況を述べると、アルフレッドが青ざめた顔であんぐりと口を開けた。マーリィが、思わずといった様子で「はっ」と笑い声を漏らす。

「だから、私は何回も言ったじゃない！　この女は関係がないって！　この女が拾ったという紙も、シュレンガのことを書いたものじゃない！　何回も説明したのに……本当、どうなってるのよ、あなたの頭は！　馬鹿じゃないの！」

「……マーリィさん？」

信じられない思いでマーリィを見つめる。

いつも子兎のように怯えている彼女が、乱暴な言葉遣いでアルフレッドを罵っているだなんて。声だってまるで別人ではないか。

――まるで別人……。

脳裏に外套の女の声が蘇り、フェリアはハッと息を呑んだ。

だが「まさか」と口を挟む間もなく、マーリィが言葉を続けた。

「わざわざ自分から余計なお荷物を抱え込んで、本当に馬鹿みたい！」

アルフレッドが、マーリィにさらに強く銃口を押しつけた。

「君にはがっかりだよ、マーリィ。素敵な女性だと思ったのに、まさか本性がそれだとは」

「うるさい……私は、絶対にお前たちを許さない！」

恋愛関係にあると思っていたマーリィとアルフレッドが、壮絶な様子で睨み合っている。それを見て、フェリアはようやくいま、何かとんでもないことが起きているのだということを理解し始めた。小説の話をしようだなんて呑気すぎたのだ。

「あの……どなたか、どなたでもよいのだけど、そろそろ私にも状況を説明してくださらないかしら」

声を震わせると、アルフレッドが青い瞳をちらとこちらへ向け、深いため息をついた。

「マーリィは……初めから、オードリュ公爵に近づこうとしてぼくに取りいったんだ。公爵が禁止薬物の製造、販売に関わっている証拠を摑むためにね」

「隊長……よろしいのですか？」

アルフレッドは、言葉を遮ろうとする男に向かって手を振った。

――アルフレッドを隊長と呼ぶということは……この男の人たちは、近衛騎士団の第一部隊なの？

フェリアは信じがたい気持ちで男たちの顔を見渡した。

王家を守るべき近衛騎士団の騎士たちが、まさかこのような蛮行を行うとは。

「いいだろう。どうせ二人とも、もう家には帰せないんだ。せめて理由ぐらい説明してやらないと気の毒だ」

家には帰せないという言葉に背筋が凍ったが、なんとか悲鳴だけは堪える。いまはまず、状況の把握をしなければならない。

「マーリィのことは少し前から怪しいと思っていたが、尻尾を摑めずにいた。昨夜のパーティーで泳がせていたところ、公爵が放った刺客をこの女が追いかけているところを部下が発見し……そこで確信したのさ」

「刺客……ヴィルが池で踏み潰してしまった男性のことね？」

フェリアの言葉に、マーリィが「間抜けよね」と鼻で笑う。

アルフレッドが不快げに眉間にしわを寄せた。

「公爵の放った刺客を間抜けと言うんじゃない、公爵が間抜けみたいだろう」

アルフレッドとマーリィが再び睨み合う。酷い空気のなか、フェリアはおずおずと口と開いた。

「だけど……マーリィさん、あなたも一人で刺客を追いかけたの？　女性一人でそんなことが……

それに、昨日の取り調べではあなたは関係なかったって」

「私は戦闘訓練を受けているから……それに取り調べは簡単なものだったもの、いくらでも誤魔化せたわ。私は普段の行いもいいし、リールス子爵の娘がこんなことに関わっているだなんて、誰も思わないでしょう」

確かにフェリアも、まさかマーリィが昨夜の一件に関わっているとは思わなかった。

だが、話を聞くほどに謎が深まる。彼女はいったい何者なのか――。

「まあ、そういった経緯で今朝マーリィに『話を聞き』に来たわけだ。そこへ、ちょうど君から手紙が届いた。見れば秘密を書いた紙を拾ったと書いてある。君にも話を聞かなければならないと、ここで待っていた次第だ。何を知ったのか、ヴィルにどこまで話したのか……だというのに、まさかこんな下らない内容だとは……君もほとほと運がない女だな」

その言いように、フェリアは堪らずアルフレッドを睨んだ。

誰が人の運がなくなる原因を作っていると思っているのか。

「これで、こちらの事情は分かってもらえただろう。悪いが、フェリア……君のことも、このまま帰すわけにはいかない。あの紙に書かれてあることが、何かの暗号でないとも限らないしな。公爵のところにまで一緒に来てもらう」

「そんな！」

フェリアは青ざめて声を上げた。だがアルフレッドはそれを無視すると、部下に命じてフェリアとマーリィの二人をすぐ近くの部屋に押し込めた。銃をちらつかされると抵抗もできない。扉の向こうから「馬車を回してこい」と話す声が聞こえる。来た時他に馬車は停まっていなかったから、どこかへ隠しているのだろう。

外で待つ侍女と御者は大丈夫だろうか。

心配だが、同じ部屋のなかにも見張りがいて窓を覗きに行くこともできない。

――ひとまず、いまは逆らわずに逃げ出す機会を探るしかなさそうね。

大変なことになってしまった。いったいヴィルにどれほど心配をかけることか。

フェリアは緊張で冷たくなった手を重ね合わせた。

それから、差し迫った顔で隣に立つマーリィにこそりと訊ねる。

「この屋敷に他に人は……？　誰か助けを求められるような人はいないの？」

「私はここで一人暮らしよ。使用人なんていないわ」

一人暮らし？　貴族の令嬢が？

フェリアは眉を寄せた。

「……マーリィさん、あなたは何者なの？」

聞くならいましかないと思い、訊ねる。

「以前、王都の広場で私のことを『悪役令嬢』と叫んだのも、あなただったのでしょう？」

彼女とマーリィでは声が似ても似つかないと思っていた。だがいまの声は、あの時聞いたものと全く同じだ。

マーリィもいまとなっては否定する理由がないのか、投げやりに「そうよ」と頷いた。

「別に、何者でもないわ。私は公爵に姉の復讐《ふくしゅう》をするため、アルフレッドに近づいた。ただそれだけの人間」

「お姉さんの？」

薄緑色の瞳が、面倒くさそうにフェリアを映す。

だが一応巻き込んだ責任を感じているのか、ため息をついて言葉を続けた。

「私と姉は、孤児だったの。姉は美しい人だったから、孤児院に慰問に来たオードリュに目をつけられて、屋敷へ連れていかれた。使用人としてという話だったのに……奴は、姉を薬の効き目を試すための実験台にしたのよ」

「実験台……」

「詳しく何が行われたのかは分からないわ。姉さんは帰ってきたけど……その時には、もう何も分からなくなっていたから。私は公爵が何かをしたに違いないと思って必死に調べた。そしてリールス子爵に出会ったの。彼の娘も、姉と同じ状況だった。私たちは、オードリュへ復讐をするために手を組んだ。私は子爵の養子になって、側近であるローディ家の次男アルフレッドに取りいったの。そしてオードリュに近づき、シュレンガのことを知った。オードリュは私の姉のことも、子爵の娘のこともろくに覚えていなかったから、近づくのは簡単だったわ」

爪を嚙みながら早口にそう説明する。

「あの小説を書いてあなたを蹴落とし、アルフレッドの恋人になるまでは上手くいったのに……」

「待って、あの小説を書いたのはあなたなの？」

「は？」

彼女が書いたか、ネタを提供していたかのどちらかだとは思っていたが、作者だったのか。

驚愕《きょうがく》するフェリアに、マーリィが肩を竦めた。

「そうよ。アルフレッドにはあなたっていう婚約者がいたし、評判も良かったから……なんとしても蹴落としたかったの。ローディ家の長男は結婚してるし、愛人になるにも、アルフレッドより頭がいいから扱いにくいと思ったのよ」

「……続刊はどうして？　もう私のことは十分蹴落としたはずでしょう」

「小説に人気が出ちゃったんだからしょうがないでしょう！」

声を荒らげるマーリィに、見張りの男がこちらを睨む。

二人は声のトーンを落として会話を続けた。

「……ネタ帳は？　どうして昨日、あの場に持ってきていたの？」

「ネタ帳というのは、いついかなる時でも持ち歩くものなのよ」

ふんと顔をそらすマーリィに、フェリアは「なるほど」と頷いた。

彼女の姉のこと、小説のこと——感情は忙しいぐらいに動いているが、疑問に思っていたことは大体分かった。

その上で、どんな事情があれ、どんな状況であれ、これだけは言っておかねばならないと思いフェリアはマーリィをまっすぐに見つめた。

「分かったわ。ではマーリィさん、私に謝ってちょうだい」

マーリィが「はあ？」と可憐な顔をしかめる。

「あなた、いまがどういう状況だか分かってるの？　そんなことを言ってる場合じゃ……」

「いまがどんな状況でも、言わずに殺されでもしては悔いが残るわ」

きっぱりとした口調で言葉を続ける。

「あなたの事情も分かった。お姉さんのために、死に物狂いだったんでしょう。私を蹴落とすためだけに、流行になるぐらい面白い小説を書いて……それは実は、素直にすごいことだと思っているわ。あなたの抱えている問題や、立ち向かっている敵に比べたら、私がいま怒っていることなんてちっぽけなことに思えるのでしょうね」

「あなた……」

「私を踏み台にしたことだって、あなたは『それぐらいのこと』と思っているのでしょう。だけど、私にとっては大問題だったのよ。私は確かにあなたに人生を狂わされたの。あなたの書いた小説のせいで、私がどんな思いをしてきたか想像すれば分かるはず。結果的に良い結婚ができて、愛する人に出会えたわけだけれど……それとこれとは話が別だわ。だから何度だって言います。私に謝りなさい、マーリィさん」

そこまで聞いたマーリィが、怒りに鼻白んだ。

「お断りするわ」

愛らしい形の目をつり上げてフェリアを睨む。

「あなたの、そういうところが私は嫌いなのよ！　フェリア・カーデイン！　偉そうに正論を振りかざして……あなたみたいな女、私は大嫌い！　私がいた孤児院にも、あなたみたいな貴族の女がよく来ていたわ！　生まれた時から持っていた富を、ほんの少し人に分け与えただけで偉そうにして！　本当に……あなたみたいな女、大っ嫌い！　私が考えていた悪役令嬢に、あなたはぴったりだったわ！」

マーリィは白金色の髪を振り乱して叫んだ。

そこに、「うるさいぞ」と言いながらアルフレッドが部下と部屋に入ってくる。彼らは縄を手にしていて、フェリアとマーリィの腕を拘束すると、乱暴に引き連れて廊下へ出た。外から、聞き慣れた声がしたのはその時だ。

「あっちに停まっているのは……うちの馬車ではないだろうか」

「え？　ハーバー家のですか……もしかして、奥方が来られているとか？」

「……フェリアが？　いや、そんなはずは」

「あっちにもう一台荷馬車がありますよ！」

話し声が揃ってみな大きいのでよく聞こえる。

数人で話す声のその一つは――。

「ヴィル！」

フェリアが思わず声を上げたその時、後ろからアルフレッドに羽交い締めにされて口を塞がれた。

――どうしてヴィルが？

「なぜヴィルが……」

フェリアの心の声に被せるように、アルフレッドがそう呟く。扉の向こうで「フェリアか⁉」という声が聞こえ、間を置かずにガチャガチャとドアノブを乱暴に回す音がする。だが鍵がかかっていて開かないと分かると、ヴィルは勢いよく扉を蹴破った。

背後で、アルフレッドが苦々しく呟く。

「くそっ、怪物め……！」

木っ端になった扉を押しのけて、ヴィルが建物に入ってくる。そしてアルフレッドに拘束されたフェリアを見つめ、「フェリア！」と叫んだ後、褐色の瞳をつり上げてアルフレッドを睨んだ。

「アルフレッド……！」

ヴィルが咆哮する。

その声は身震いするほどに低く、大きく、表情は地底から這い出てきた悪魔のようの恐ろしいものだった。


王太子の執務室に、彼の側近が一人飛び込んできたのは、その日の昼少し前のことだった。

「殿下！　王太子殿下、失礼いたします」

側近は見るからに重要な話があるようだったので、同室で王太子護衛の任についていたヴィルは部屋を出ようとしたが、ルークに「よい、いてくれ」と言われてその場に留まった。

「昨夜捕らえた男が新たに情報を吐きまして……奴を追いかけていた者というのが、どうやら女のようだと」

「女？」

「はい、顔などは暗くて分からなかったというのですが……女であることは確かなようです」

ヴィルは男の取り調べに一切関わっていないが、こうしてちょこちょこ情報を聞いている感じだと、最初は頑なに口を閉ざしていたのが、少しずつ話をするようになってきたようだ。だがまだオードリュとの関わりについては漏らしていないらしい。昨夜自分を追いかけていた相手を喋っただけでも、進歩と言えるのだろう。

「殿下……よろしいですか？」

ふと思い当たることがあって、ヴィルはそう声をかけた。

「その女というのは、もしかすると、マーリィ・リールス殿のことではないでしょうか」

昨夜、フェリアが例の池近くで彼女を見たと言ったのを思い出したのだ。

ルークが首を傾げる。

「マーリィ・リールス……確かに昨夜庭園にいたという話は聞いている。しかし彼女はどう見ても非力な女性だ……男相手に立ち回りができるようには見えないが」

「私も彼女のことはよく知りませんが、昨夜のパーティーで彼女がお辞儀をしているのを見ました。なかなか良い体幹をしていると感心していたのです」

その時はさして気にしなかったし、取り調べもすぐに終わったというのでこれまで忘れていた。

ヴィルとて、まさか訓練された男を貴族の令嬢が追い詰めたとは想像もしなかったのだ。

「彼女の取り調べはどのようなものだったのでしょうか？」

訊ねると、ルークが近くにいる側近に視線をやった。側近は「確認して参ります」と急ぎ部屋を出ると、数分でまた戻ってきて頭を下げた。

「取り調べは、彼女から少し話を聞くだけで終わったようです。マーリィ殿は『自分は庭園で休んでいただけ』と震えて泣くだけだったそうで……」

ヴィルは目を閉じて顎を撫でた。

「侵入者を追い詰めたのが女性であるなら、彼女のことをもう一度、念を入れて取り調べるべきではありませんか？　いかにマーリィ殿がか弱い女性とはいえ、ちょうど庭園に居合わせたのを偶然と流すべきではないかと」

そう話しながらも、ヴィルのなかでは彼女のことは確信に変わっていた。

なぜかと言われると『そんな気がする』としか説明のしようがないのだが、自分のこういう時の勘が外れたことはない。以前ルークが森で狙われた時と同じである。

ヴィルの勘が、いま彼女から話を聞かねばならないと訴えているのだ。

――これは、落ち度だな。

奇妙な焦燥感に駆られつつ、ヴィルは小さくため息をついた。

自分を含め、誰一人マーリィを気にしていなかった。

「ヴィルの言う通りだ……私も、もう一度彼女から話を聞いたほうがいいように思う」

ルークが頷いて、ヴィルを見つめた。

「ヴィル、彼女をここへ連れてきてもらえないか。もし本当に侵入者を追い詰めたのが彼女なら、並の男では手こずるかもしれない。彼女の護衛も兼ねて、お前が適任だろうと思う」

「お任せください」

ヴィルは大きく頷き、ルークの指令を受けた。

そして手が空いていたトマスとロイドを連れ、すぐに馬車でマーリィが住むという貸し別荘へ向かったのだ。だが到着すると、別荘の車寄せにはすでに馬車が一台停まっていた。

仕方なく門前に馬車をつけて降りたヴィルは、車寄せのほうを見て首を傾げた。

「あっちに停まっているのは……うちの馬車ではないだろうか」

どうも見覚えのある馬車な気がする。

「え？　ハーバー家のですか……もしかして、奥方が来られているとか？」

「……フェリアが？　いや、そんなはずは」

「あっちにもう一台荷馬車がありますよ！」

ロイドが少し奥を指さして首を傾げる。

「ちょっと見てきましょうか」

トマスの言葉に、ヴィルは頷いた。何にせよ先客の正体を確かめる必要がある。

別荘のなかから、聞き慣れた声がしたのはその時だ。

「ヴィル！」

それは悲鳴のような声だった。

「フェリアか!?」

叫ぶと、ロイドとトマスが「え？」と顔を見合わせた。

屋敷のなかから聞こえた声だ。二人にはよく聞き取れなかったのかもしれない。だがヴィルにはあの声が自分の名前を呼んだことも、それがフェリアのものであることもハッキリと分かった。

なぜ彼女がここにいる？　考えるより早くヴィルは玄関扉に駆け寄り、ガチャガチャと真鍮《しんちゅう》のドアノブを回した。だが開かない。ヴィルは足を振り上げると、迷いなく扉を蹴破った。

扉は木製の板戸で、いささか古いがしっかりとした作りのものだ。だがヴィルの一蹴りで蝶番《ちょうつがい》が弾け飛び、板戸は勢いよく向こうに倒れた。背後から「ええ……」という怯えたようなロイドの声が聞こえる。

建物のなかには、やはりフェリアがいた。だが腕を縛られ、背後からアルフレッドが彼女を羽交い締めにしている。ヴィルは咆哮すると、全身を怒りで滾《たぎ》らせた。

「フェリアを放せ！」

ヴィルは、落ちた扉の残骸を蹴飛ばすようにしてフェリアに駆け寄ろうとした。アルフレッドが「止まれ！」と叫んで、フェリアの頭に銃口を突きつける。

「そこから一歩でも動いてみろ！　フェリアの頭が吹き飛ぶぞ！」

ヴィルは憤怒の表情を浮かべ、足を止めた。背後から慌てた様子でトマスとロイドが駆け寄ってきたが、なかの様子を見て同じように動きを止める。

――冷静になれ。何がどうなっている。

血走る目を動かし、状況を把握する。フェリアだけでなく、マーリィも同じように拘束されている。彼女らを捕らえているのはアルフレッドと、彼の腹心の部下である第一部隊の数人。この場の決定権を持っているのはアルフレッドで間違いない。

タイミングからして、オードリュ公爵絡みで間違いないだろう。フェリアがなぜここにいるのかは分からないが、何かを知ってしまって連れていかれようとしている可能性が高い。

そこまで理解したところで、ヴィルはフェリアに視線を戻した。美しい顔はすっかり青ざめて、「ヴィル……ごめんなさい、私」と声を震わせている。怪我はなさそうだ。

ヴィルは妻を救うため、一歩前に足を踏み出した。

「ヴィル……お前、動くなと言っているだろう！　フェリアを撃つぞ！」

「いいや、お前は撃たない」

アルフレッドの言葉を、ヴィルは即座に否定した。

「アルフレッド……お前は確かにどうしようもない奴だ。公爵の命令なのだろうが、女性を人質に取るなど男の風上にも置けん！」

怒りに声を震わせながら、慎重に一歩ずつ、大きく足を前に出す。

「だが、それでもお前は騎士だ！　アルフレッド！　お前の心には、まだ騎士の誇りが残っている！」

「だ……黙れ！　止まれと言っているだろう！　ヴィル！」

「以前の決闘で、お前は最後に手を緩めた。それはなぜだ！　本当はあの時、オレの手足の一つでも斬って、騎士生命を絶つつもりだったんじゃないのか！」

数ヶ月前、ヴィルはアルフレッドに決闘を申し込まれた。

理由は、覚えてもいないほど些細《ささい》なことだ。ヴィルはあの時、王太子を庇って肩を撃たれたばかりで、まだまともに剣を握ることができなかった。

王太子が狙われたという情報は当時まだ伏せられていて、いまでもヴィルが庇って傷を負ったことを知っている者は少なかった。だがアルフレッドは知っていた。ヴィルが撃たれた時、すぐに近くにいたのだから。

アルフレッドが、怯んだようにフェリアを連れて後退る。だが引き金を引く様子はない。

「お前がなぜ、手負いと知るオレに決闘を申し込んできたのかずっと分からなかった。だが最近になって、公爵のことを知るうちに理解した。お前は公爵に、オレを排除するように言われたのだ」

騎士同士の決闘でも、命を奪ったり、相手を過度に傷つけたりすることは本来禁止されている。だが真剣同士で戦うのだ。事故で相手に重傷を負わせることはままあり、実質許されている。逆にいえば、決闘でなら合法的に相手を再起不能にすることができるということだ。

「オレが王太子殿下の傍にいては、また暗殺の邪魔をされかねない。だから傷が治る前に、騎士生命を絶っておけと公爵に言われたのだ。だが、お前は最後の最後で躊躇い、命令を遂行することができなかった、違うか！」

とはいえ、それが全てアルフレッドの騎士精神から来る行動かといえば、疑問はあった。

アルフレッドには確かにどうしようもないところがあるが、根っからの悪党ではないとヴィルは思っている。彼は正しいことをしていると安心するし、罪のない同僚の騎士生命を奪うことは恐ろしいと感じる、そういう当たり前の感覚を持っている人間であるはずだ。

つまりヴィルの騎士生命を奪えなかったのも、単に彼自身にそこまでの度胸がなかったのではないかと思うのだ。

公爵にしてもヴィルは排除できるならしておきたい程度だったというのもあるだろう。鹿狩りの際も、ヴィルはたまたま王太子の近くにいただけで、専属の騎士ではない。

実際にアルフレッドの決闘の後は、危険なことは何もヴィルに起きていない。

――だが、それだけでもないだろう？　アルフレッド。

ヴィルもこれで、アルフレッドとの付き合いは長い。ヴィルのほうが年上で、近衛騎士団へ入るのも先だったが、アルフレッドはとにかく出世が早く、隊長になったのはほぼ同時だった。だから彼のことを後輩と思ったことはあまりないし、アルフレッドもそうだから敬語を使わないのだろう。

けれどヴィルは、彼が入団した頃のことを知っているのだ。

近衛騎士に選ばれ、誇らしげな顔をしていた。剣技の訓練をしているヴィルを遠目に見て、目を輝かせていたこともある。

アルフレッドは確かに騎士であることを誇りに思っていて、それはまだ彼の心のなかに残っているはずなのだ。

――騎士ならば、罪のない女性をむやみに傷つけることはしない。

さらにフェリアは、アルフレッドの元婚約者である。しかもどういうわけか、いまもフェリアを気にしている様子だ。

そんな相手をアルフレッドは撃つことができるのか。

ヴィルは褐色の瞳に、まっすぐアルフレッドを映した。

確信を求めて一歩前に大きく足を踏み出す。

だがアルフレッドは動かないし、何も言い返さない。

ただ目を見開き、ヴィルの気迫に呑まれているだけだ。

「お前は、フェリアを撃たない」

自信を持ってそう言うと、ヴィルは床を強く蹴って駆けだした。

フェリアを救い出し、アルフレッドの横面を殴って目を覚まさせてやるためだ。いまのアルフレッドの様子からして、それはそう難しいことではないように思えた。

しかし走り出してほんの数歩のところで、銃声が鳴り響き、ヴィルは腹に衝撃を受けてその場にうずくまった。撃たれたのだ。咄嗟に理解して、ヴィルは正面を見つめた。

アルフレッドの銃口はまだフェリアに向けられたままだ。代わりに、アルフレッドの部下の銃口から硝煙が上がっていた。

「ヴィル！」

「隊長！」

フェリアと部下の悲鳴が重なる。

ひとまずフェリアが撃たれていないことに安堵してから、ヴィルは腹に当てた手を見つめた。出血している。驚きはない、感じる痛み通りの状態だ。

ここで本格的な戦闘をするつもりはなかったから、胸当てはつけているが腹はほとんど無防備だった。

「勝手なことをするな！」

「す、すみません……アルフレッド隊長！」

アルフレッドに怒鳴られた彼の部下が、顔を青くして謝っている。

ヴィルがすさまじい形相で駆け寄ってくるので、恐ろしくなってつい発砲してしまったという様子だ。

フェリアが「離して！」と叫んで、アルフレッドの腕を振りほどこうとしている。アルフレッドはちっと舌打ちをすると、彼女をさらに強く羽交い締めにして、今度は銃口をこちらへ向けた。

「ヴィルに二発目を撃ち込まれたくなければ静かにしろ。お前たちもだ」

フェリアと、ヴィルの部下二人をそう脅してから、アルフレッドは自らの部下に声をかけた。

「ひとまずこの場は逃げるぞ、公爵のところで我々も匿《かくま》ってもらう」

銃口をこちらへ向けたまま、アルフレッドは部下に一言、二言何か指示をした。

彼の部下が外に飛び出し、少しして数発の発砲音がした。それを聞いてから、アルフレッドがフェリアを担ぐようにして走り出す。

「ヴィル……ヴィル……！」

彼らが自分の隣を通り過ぎていく瞬間、フェリアが悲愴《ひそう》な様子で名を呼んだ。ヴィルは立ち上がって彼女を奪い返そうとしたが、まだ腹に力が入らずそのまま前に倒れ込んでしまう。

人数も向こうが多く、且つヴィルに銃口を向けられては部下らも迂闊《うかつ》には動けない。アルフレッドらが、そのまま外へと逃げ出していく。

フェリアが、命よりも大切な存在が、目の前で攫《さら》われるのを見ているしかないなど――自分への怒りに、目の前が真っ赤に染まるようだった。

「隊長！」

ヴィルが撃たれる危険がなくなったところでトマスとロイドが駆け寄ってくる。

「だ、だ、だ、だ、大丈夫か⁉　隊長！」

「傷は？　深いのですか⁉　すぐに医師のところへ……！」

青ざめた顔でうろたえる二人に、ヴィルは意識が朦朧《もうろう》としつつ「大丈夫だ」と手を振った。

「傷は深くない、フェリアが守ってくれた」

ヴィルはそう言うと、上着の内ポケットに入れていた守り袋を取り出した。フェリアが作ったものだ。なかにはコインが入っていて、銃弾はそこに着弾した。

「そんなことが……小説ではそういうシーンよく見ますけどね」

「咄嗟に、急所は避けようと勘で体勢はズラした……オレもそこにお守りを入れていることは忘れていたが、無意識だろうな」

「いやいやいや、勘って、おかしいおかしい……あんた本当は人間じゃないだろ！」

ほっとしたらしいロイドが涙を流しながら叫ぶ。

だが直撃しなかったとはいえ、あの距離で撃たれたのだ。衝撃はすさまじいものだったし、事実、出血もしている。ヴィルは痛みには強いほうだが、さすがに全身には脂汗が滲んでいた。

「しかし、内臓がどうなっているか分かりません。隊長、とにかく一度戻って治療を受けましょう。隊長もこの状態だし、我々だけでは彼女たちを救出できません。まずは王太子殿下に……」

「いや……オレは大丈夫だ、いま追いかける」

トマスの言葉に頭を振り、腹を押さえながら立ち上がった。もう足に力が入る。ヴィルは急いで外に飛び出したが、当然ながら、すでにフェリアたちの姿はそこになかった。

「やられたな……」

素早く周囲を見渡して、ヴィルは顔をしかめた。

自分たちが乗ってきた馬車の車輪の一部が壊されている。トマスらが乗ってきた馬も見当たらない。きっと彼らに盗まれたのだろう。馬車の手綱が切られていて、こちらの馬は酷く怯えていてすぐに走れそうもない。先ほどの発砲音は馬を脅かすためのものだったのだ。

急いでハーバー家の馬車を見に行くが、そちらも同じ状態だった。使用人たちは馬車のなかにいて、怯えてはいるが、危害を加えられた様子はない。

「くそっ、あいつら……！」

ロイドが地団駄を踏んで怒る。

ヴィルは褐色の瞳をまっすぐ前へ向けた。

「アルフレッドは公爵領に向かう気だろう。すぐそこの街道から、しばらくは一本道だ。いまなら走れば追いつく」

「走る⁉」

「走るんですか⁉」

　ロイドとトマスの声が重なった。

「無理だ、相手は馬と馬車だぞ！　それにいま撃たれたところで、体もどうなってるか分からないのに……無理だ、死ぬって！」

「そうです、ロイドの言う通りです！　奥方が心配なのは分かりますが、さすがに我々でも走って追いつくのは無理です！」

「オレなら追いつく」

　言い切って走りだそうとするヴィルの腕を、ロイドが泣きながら引っ張った。

「無理だって！　それならオレらが行くよ！　街道で馬を連れている人を探して、それを借りてすぐ追いかければ……！」

「それこそ間に合わん、オレが走ったほうが早い」

「無理だ！　熱血や根性でなんとかなるもんじゃないだろう！　死んだらどうするんだよ！」

　死ぬ？　ヴィルは眉をひそめた。

　ここで自分の命を惜しんだとして、連れていかれたフェリアはどうなる。

　彼女の命の保証はあるのか。彼女が心身に深い傷を負うようなことがないといえるか。

　アルフレッドが自分の意思でフェリアを傷つけることはないだろうが、公爵に言われれば分からない。アルフレッドは当てにならない。

　明日の命が分からないのは、誰も同じだ。それならばいま、ヴィルはフェリアのためにこの命を懸けたい。

——熱血か。

ロイドの言葉が妙に頭に残った。

「ロイド……熱血とは何だ？」

ヴィルの問いかけに、ロイドが「は？」と声を漏らす。それから、酷く熱いものに触れたように
ヴィルの腕から手を離した。

不思議なことに、ヴィルにもいま、自分の体から湯気が上がっているような気がした。まるで全
身を巡る血液が沸騰しているかのように。

一歩足を前に踏み出し、腕を振りかぶる。

熱血とは何か——。

熱血とは、この心臓の最後のひと突きまで、走り続けることである。

押し込められた幌《ほろ》馬車が走り出す。
アルフレッドに羽交い締めにされたまま、フェリアは背後に遠のいていく白い別荘を見つめた。
「ヴィル……ヴィル……！」
喉が焼き切れんばかりに叫ぶ。涙が止まらない。視界が滲み、嗚咽で息ができない。全身が恐怖
に震えている。心臓を無数の針で刺されたかのように胸が痛い。ヴィルが撃たれたのだ。フェリア
の目の前で、フェリアを救うために。

必死に身をよじり、アルフレッドの手から逃れようとするが、どうしても力ではかなわない。

フェリアは振り返って金切り声を上げた。

「離して！　ヴィルを医師のところへ連れていかなくては……！」

「ヴィルの部下がいただろう、あいつらが連れていくさ。撃たれてすぐ意識もはっきりしていた。馬鹿みたいに頑丈な奴のことだから、死ぬことはないさ……」

人ごとのような言い方に、目の前が怒りで真っ赤に染まるような気がした。

「アルフレッド……あなたを許さないわ」

血走る目でアルフレッドを睨みつけながら、フェリアは憎しみの限りを込めてそう言った。

アルフレッドが「はっ」と鼻で笑う。

「好きにしろよ」

だが、そう吐き捨てる彼の表情にも余裕はない。

当然ながら、アルフレッドも追い詰められているのだ。フェリアとマーリィを攫うところを見られ、あろうことか部下がヴィルを銃で撃ってしまった。アルフレッドが生き残る道は、オードリュのところに駆け込み、公爵の権力で全てを有耶無耶《うやむや》にしてもらうしかない。

「心配せずとも、公爵もフェリアを殺せとまでは言わないさ……まあ、マーリィのほうは分からないが」

マーリィは同じ馬車のなかで床に転がされ、彼の部下に銃口を突きつけられている。

アルフレッドは彼女としばし睨み合ってから、一つ疲れたようなため息をついた。

「もちろんフェリアも今後は監禁生活にはなるだろうが……多少は、ぼくが面倒を見てやっても……」

「黙って、アルフレッド」

彼の言葉尻を強い口調で遮った。

「あなた、よくもそんな恥ずかしげもないことが言えるわね」

人を攫っておいて面倒を見てやるなど、どの口が言うのか。彼とはもう二十年以上の付き合いだが、ここまで恥知らずな人間だとは思わなかった。非難を込めたフェリアの言葉に、アルフレッドの目がつり上がった。整った顔が怒りに歪《ゆが》む。

「恥ずかしげもないのはどっちだ！　君はぼくを好きだったんじゃないのか！」

アルフレッドが子供の癇癪のように怒鳴った。

「君は二十年以上ぼくと婚約していて、ずっとぼくのことを好きだった！　それなのに別れたからといってすぐに別の男を好きになるのか！」

「何を言っているの……私を捨ててマーリィさんを選んだのはあなたでしょう」

「ぼくはマーリィに騙《だま》されていたんだ！　君に酷いことをされたと言うし、小説のこともあって……」

フェリアは呆れて顔をしかめた。

彼女に騙されていたことが、二十年来の婚約者をこっぴどく捨てたことの免罪になるとでも思っているのか。

「私に早く他の男性と結婚するように言ったのもあなたよ」

「それは……マーリィが、そうしないとぼくと安心して一緒にいられないと言うから」

あの頃、フェリアとアルフレッドの婚約破棄騒動がゴシップ記事になり、社交界でも噂になった。

アルフレッドの新しい恋人である〝可憐でか弱い〟マーリィにも注目が集まったはずで、彼女に『怖いから早く噂をおさめて欲しい』と泣きつかれては断れなかったのだろう。それもおそらく、フェリアを完全にアルフレッドから切り離すための策略だったに違いない。

「ぼくだって……あの小説に書かれてある君の悪事が本当だと信じてしまうまでは、君と結婚するつもりだったさ！」

「だから……マーリィさんに騙されていたと気付いて、また私のことが惜しくなったの？　それとも自分は騙されていたのに、私が幸せそうだから、嫉妬した？」

頭に血が上っている自覚がある。胸のなかで凶暴な感情が暴れている。

「そうよね、私はあなたにとって良い婚約者だったと思うわ。そりゃ可愛げはなかったかもしれないけど……従順で、あなたに勝手な理由で結婚を先延ばしにされても文句一つ言わなかった！」

目に涙をためたまま、フェリアはアルフレッドを睨みつけた。

「だけど私はあなたが好きだったわけではないわ！　あなたのことを好きでいようと決めていただけよ！　婚約者であるあなたに誠実でいようと思っていただけ！　そしてあなたはそんな私を裏切った！　いまはもう私のなかにあなたへの好意なんて欠片も残ってないわ！」

アルフレッドの前でこれほど声を荒らげたのは初めてのことだ。

菫色の瞳からぼろぼろと涙が零れて落ちる。

「私が愛した男性はただ一人、ヴィルだけよ！」

はっきりと告げると、アルフレッドが鼻白んだ。

「なんで、よりによってヴィルなんだ！　ヴィルでさえなければ、ぼくだって……！」

その悔しげな声に、フェリアは眉間にしわを寄せた。

──私が結婚した相手がヴィルだったから、彼は無視できなかった？

それはいったいどういうことか。少し考えて、まさかと思う。

「アルフレッド……あなた」

その時、馬車の背後を見張る男が「アルフレッド隊長！」と悲鳴のような声を上げた。アルフレッドが苛立《いらだ》ちもあらわに「何だ！」と怒声を返す。

「ヴィ、ヴィル隊長が……」

「ヴィル!?　ヴィルがどうした……」

フェリアを睨みつけたまま言葉を返してから、アルフレッドはハッと表情を変えて幌馬車の外を見た。嫌みなほど整った顔が青ざめる。フェリアは大きく瞬きをしてから、彼らの視線の先を追った。

「嘘……」

あり得ないものを見ている。まっすぐな街道のずっと向こうから、こちらを追いかけてくる男がいる。向かい風に赤髪を靡《なび》かせ、他には脇目も振らず──。

「ヴィル……！」

フェリアは身を乗り出すようにして叫んだ。いっそ、そのまま馬車から落ちてもいいと思うのに、アルフレッドに阻まれる。

――どうして……！

視界がまた涙で滲む。撃たれたはずの彼がなぜ走っているのか。理由など決まっている。いま、この馬車にフェリアが乗っているからだ。フェリアに命の保証がないから。

「ヴィル隊長……撃たれたはずですよね。な、なんで走れるんですか……しかも、あんな速さで」

アルフレッドたちが用意したこの馬車は荷を積める大きめの幌馬車だ。攫ったマーリィを隠しやすいのと、彼ら自身が目立たないようにだろう。

だが幌馬車とはいえ二頭立てで、それなりにスピードは出る。彼らはヴィルたちが連れていた馬も奪ったが、騎乗した者はオードリュ公爵に急を告げるために先に行った。

「昔から、ああいう奴だ……！」

くそっ！　と吐き捨てて、アルフレッドが「急げ！　振り切るぞ！」と馬車を急がせる。だがヴィルの姿は遠ざかるどころか、どんどん迫ってくる。足は砂埃《すなぼこり》を上げ、獲物を前にした獣のような気迫と速度だ。

男の一人が、怪物を見たかのように「ひっ」と恐怖の声を上げ、銃を構える。それを横目で捉えたアルフレッドが、即座に「やめろ！」と制止した。

「往来だぞ！　誰が見ているか分からないんだ！　こんな場所でヴィルに向けて発砲すれば、オードリュ公爵でもどうもできない！」

ここはよく使われる道でないから、いまのところ周囲に人は見当たらない。それでもいつ誰が通りかかるか分からない場所で発砲するなど、彼らにとってもリスクが高すぎる。

――ごめんなさい、ヴィル。

フェリアは菫色の瞳を見開き、瞬きをもせずにヴィルの姿を見つめ続けた。いくつもの涙が頬を伝って落ちていく。

こうなったのは、フェリアが悪かった。自分の行動が迂闊だった。だからもう走らないで欲しい。お願いだから、もう走らないで。ヴィルが死んでしまう。

だが自分がヴィルを失うことを恐れているように、彼もまた同じぐらい強い気持ちで、フェリアを失うまいとしてくれているのだ。フェリアにはそれが分かる。

彼は何があっても止まらないだろう。走らないでと喉が嗄《か》れるまで叫んでも、ヴィルはフェリアを取り返すまで止まらない。そういう人だ。

フェリアはいま、自分が言うべき言葉を知っていた。言わなくてはならない言葉を知っていた。心にどんな痛みを伴おうとも。

「……けて」

胸が苦しい。息が詰まる。鼻をすすり、思い切り口を開いた。

「助けて、ヴィル……！」

絶叫は彼の耳に届いたようだった。

褐色の瞳がまっすぐにフェリアを捉え、にっと唇を上げて頷いた。

ヴィルの速度が上がる。アルフレッドはとうとうフェリアの体を放して、御者台に駆け寄った。

「何をしている！　馬をもっと速く走らせろ！」

揺れる馬車の上で、フェリアは壁にもたれるようにして懸命に立ち上がった。

ヴィルがすぐ近くまで迫ってきている。これでいつでもヴィルの胸に飛び込める。

速度を上げながら馬車がカーブを曲がる。その時、ガコッと車輪が何かに乗り上げたような衝撃があった。馬車全体が大きく揺れる。マーリィが悲鳴を上げたのが聞こえた。キャビンが横に倒れる。体が軸を失ったような気がしたその時、「フェリア！」と呼ぶ声が聞こえた。

「ヴィル！」

ヴィルだ、もうすぐそこにヴィルがいる。考えている時間はなかった。目を閉じて、足でキャビンの床を蹴る。勢いで体が外へ放り出される。ヴィルが両手を前に突き出しながら、地面を蹴ってこちらに飛ぶ。思ったような衝撃も、痛みもない。目を開いて視界に飛び込んできたのは、青い空と――。

「フェリア、大丈夫か……？」

心配そうに顔を覗き込む夫に、フェリアは顔をくしゃくしゃにした。

「ああああ、ごめんなさい、ヴィル……！　私のせいで……！」

「何をフェリアが謝ることがある、君が無事ならいい。怪我はないか？」

怪我があるかなど分からない。どこか擦りむいている気はするが、ヴィルがその腕で抱き留めてくれたから、大きな怪我はないと思う。だがいまはフェリアのことはいいのだ。

「ヴィル⁉　ああ、う、撃たれた場所は……」

「大丈夫、君がくれたお守りが守ってくれた」

ヴィルは腰から短剣を抜き、手早くフェリアの腕を拘束する縄を切った。急いで彼の腹を確かめる。大丈夫なんて嘘だ。血が滲んでいる。ヴィルが号泣するフェリアの顎を掴んで上を向かせ、キスをする。フェリアは彼の両頬に手を当てて、それを受け入れた。

口づけをしていた時間は、数秒もなかったと思う。

ヴィルはすぐにフェリアを背後に庇うように立つと、今度は長剣を抜いて倒れた馬車に歩み寄った。そしてキャビンから這うように出てくるアルフレッドの首に切っ先を突きつける。

「誰も動くな」

周囲に睨みを利かせ、同じように馬車から這い出るアルフレッドの部下らにそう声をかける。

「おかしな動きをすればすぐにアルフレッドの首を斬る。公爵は、アルフレッドがいなくてもお前たちを庇ってくれるのか？」

アルフレッドが、諦めたように部下らに「動くな」と指示をした。

少しして、背後からヴィルの部下二人が顎を上げながら走ってきた。そして息を切らしつつ、幌馬車に積んであった縄で急いで男たちを拘束していく。

ヴィルは一つ息をついてから、褐色の瞳に僅かに同情を見せた。

「ここまでだ、アルフレッド」

アルフレッドはすでに戦意を喪失しているようだった。

艶やかな銀髪や、整った顔は土や擦り傷で汚れ、普段の爽やかさは見る影もない。

ヴィルが大きくため息をついた。

「全く、馬鹿なことをしたものだ……」

「うるさい！　お前に何が分かる！　公爵が失脚すれば、ローディ家は終わりなんだ……！」

表情に悔しさを滲ませてアルフレッドが叫ぶ。

「お前みたいに……お前みたいになあ！　馬鹿みたいに、脳天気に！　毎日走ることだけ考えて生きられる人間ばかりじゃないんだよ！」

「そうだな……オレは、恵まれていると思う」

二人のやり取りを見守りながら、フェリアはヴィルの部下二人の傍まで移動した。何かあった時に守ってもらうためだ。マーリィも助け出されていて、すぐ近くに座り込んでいる。彼女も大きな怪我はなさそうだが、両手はまだ縛られたままだ。ヴィルらにマーリィの素性が一切分からない状況では仕方ないだろう。

「剣を取れ、アルフレッド……決着をつけよう」

ヴィルが剣を引く。

アルフレッドが眉間にしわを寄せた。

「決着？」

「あの日の決闘の決着だ。お前も、勝負に納得がいっていないんだろう」

「はっ」とアルフレッドが笑う。

「馬鹿にしているのか。あの日といまで、どう違うっていうんだ。いまだってお前は撃たれて怪我をしているところだろ」

「うん、だが問題ない」

ヴィルは頷いてから、唇で弧を描いた。

「なぜなら、今日はオレが勝つからだ」

剣を両手で握って構え、アルフレッドに正面から向かい合う。

フェリアの隣で、ヴィルの部下の一人が驚いたように声を上げた。

「いや、ヴィル隊長……そんな、いまやることじゃ……！　それにアルフレッド隊長に剣の腕では……」

「馬鹿言うな、ロイド。ヴィル隊長は負けないよ」

ロイドと呼ばれた騎士の横に立つ、熱血そうな騎士が力強くそう言った。

「まともに剣が振れる状態なら……ヴィル隊長に勝てる人間なんて、世界中のどこを探してもいない」

そう言って、ぐっと両手で拳を作る。

フェリアは不安と戸惑いに視線を揺らしながら、ヴィルを見つめた。

ヴィルが負けることを心配しているのではない。彼の怪我や、疲労が心配なのだ。撃たれた後に、これほど走ったのだから疲れているはずだし、決闘などしては新たに怪我をしてしまうかもしれない。何よりも一刻も早く治療を受けて欲しい。

「ヴィル……」

だが彼らが決闘する機会は、いまこの瞬間を逃せば二度と来ないだろうとフェリアにも分かっていた。アルフレッドはこの後、王太子に引き渡される。部下にヴィルを撃たせ、フェリアやマーリィを攫おうとした罪に問われるのだ。いくら公爵が庇おうと騎士としては終わりだろう。

『オレは……きっと立派な男になる。君がそれを信じてくれたら、嬉しい』

いつかのヴィルの言葉が脳裏をよぎり、フェリアは唇をきつく横に結んで、彼を止める言葉を飲み込んだ。

アルフレッドが立ち上がり、ヴィルに向き直る。腰に佩《は》いた長剣の鞘《さや》に触れ、青い瞳を地面に落とす。二度、三度。躊躇うように剣を握ってから、ヴィルをまっすぐに見つめた。

「分かってるのか、ぼくがいまここでお前を殺したら、形勢は逆転だぞ」

「オレの部下は鍛え方が違う。お前一人ぐらい止められるさ。何より、オレは負けんと言ったはずだ」

アルフレッドが剣を抜いた。二人が静かに睨み合う。不思議なほどの静寂だった。外だというのに、二人の息遣いまで聞こえてくるようだ。

横に、後ろに、前に。互いに少しずつ動いて間合いをはかる。ぴんと張り詰めた緊張の糸に、見守るフェリアの息のほうが詰まりそうだった。先に剣を振りかぶったのはどちらだったか。剣戟《けんげき》の音が鳴ったのは一度だけ。ヴィルは豪腕でアルフレッドの剣をなぎ払うと、目にも留まらぬ速さで次の一撃を繰り出し、刃をぴたりとアルフレッドの首筋で止めた。

「罪を償え、アルフレッド。何年かかっても、何十年かかっても。心と性根を入れ替えて、もう一度……一兵卒からやり直すんだ」

アルフレッドが膝から崩れ落ちて項垂れる。

剣を下ろし、疲れたように息を吐くヴィルに、彼の部下二人が駆け寄った。

「さすがです！　ヴィル隊長！　自分、信じてました！」

「か、格好いいです、隊長……！」

特にロイドは激しく感極まっている様子で、ヴィルの腕に抱きついてわんわんと声を上げて泣いている。

「馬車を追いかけて走る姿も……オレ、感動して……お、オレ、今まで生意気ばっかり言ってすみませんでした。い、一生ヴィル隊長についていきます……！」

ヴィルが手のひらでぽんとロイドの頭を叩く。

フェリアは感動に胸を震わせた。自分の愛した人は、本当にすごい人なのだ。

彼の部下らのように、フェリアもヴィルに駆け寄ろうとした。だがそこで、ふとマーリィの姿が近くにないことに気付いた。周囲を見渡すと、なぜか横倒しになった幌馬車の傍でうずくまっている。倒れたキャビンに頭を突っ込み、縛られた後ろ手で必死に何かを探している様子だ。その頭上で、幌を張る細い梁《はり》が折れて落ちかかっているのに気付いたフェリアは「危ない！」と声を上げた。

だがマーリィは気付かない。

フェリアは咄嗟に駆け出すと、両手を伸ばして落ちてくる梁を受け止めた。

——良かったわ、鍛えていて！

梁はそれなりに重く、また折れたところが尖ってしまっているから、このまま彼女の上に落ちればきっと酷い怪我をしていたはず。

「どうして……」

マーリィが驚いたようにこちらを見上げ、呆然と呟いた。

しかしマーリィに答えるより早く、背後から逞しい腕が伸びてきて、フェリアの代わりに梁を持ち上げる。

「大丈夫か、フェリア」

振り返ると、ヴィルが心配そうにフェリアの手を見つめていた。梁の折れた部分で手を少し切ってしまい、手袋に血が滲んでいる。だがたいした傷ではない。放っておいても二、三日で跡もなく治るだろう。「大丈夫」と微笑むと、マーリィが眉をつり上げた。

「なによ……放っておけばいいじゃない、私のことなんか。私のことが嫌いなんでしょう？　私は、自分の目的のためにあなたを陥れたのよ！」

「……嫌いだなんて言った覚えはないわ。執念はすごいと思っていると言ったはず。それは……許せるか許せないかでいえば、あなたのことは許せないけれど」

マーリィを見つめ、目を細める。

「あなたが私を嫌いでも、私があなたを許せなくても、あなたが困っているなら、私はいつだって助けるわ。だって……ヴィルならきっとそうするから」

ヴィルのようになりたいと思って、フェリアは体を鍛え始めた。だからこれは、当然の行動なのだ。

マーリィの腕を拘束している縄を、ヴィルが短剣で切る。そして「探し物があるのだろう」と言って再び梁を持ち上げると、マーリィは鼻をすすってキャビンのなかに手を伸ばし、ちぎれたネックレスを掴んで取り出した。ネックレスの飾りの部分はロケットになっていて、とても大切なものなのだろうと察しがついた。

「……ありがとう」

ネックレスを両手で握りしめて、マーリィがぽつりと呟く。フェリアがひと息ついて視線をそらすと、小さく「ごめんなさい」と謝る声が聞こえた。応えようか少し迷って、やめる。フェリアが彼女を許す必要はないだろうから。

「私の手なんかより、ヴィルの傷が心配だわ。早く戻って治療を受けて」

ヴィルのほうを向き直ってそう言った時、視界の端に両腕を縛られてうずくまるアルフレッドが見えた。フェリアは彼を一瞥し、すぐに視線を戻した。彼にかける言葉はもうない。

顔を見るのも、今日で最後だろう。

「オレなら大丈夫だ、これぐらいはどうってことない」

ヴィルが微笑んで、フェリアの腕を引いて抱き寄せる。

フェリアは迷わずにその胸のなかに飛び込んだ。

「……助けてくれてありがとう、ヴィル」

「うん、君が無事で良かった」

ヴィルがフェリアを抱き上げる。「傷が！」と声を上げたが、ヴィルは「大丈夫だ」と言って笑った。それからフェリアの頭を引き寄せ、キスを落とした。

ヴィルの怪我は、当初心配したほど深刻なものではなかった。命に別状はなく、普段から自分で「頑丈」と言うだけあって、奇跡的に内臓にも損傷がなかった。だが無茶をしたことは確かで、医師からは相当絞られたらしい。王太子も感謝と同時に心を痛め、ひと月は必ず休むようにときつく療養を仰せつかったのだった。

「さっき、早馬で殿下から手紙が届いた」

事件から五日後の夜。

ベッドの上でヴィルがそう言った。

「どうやら、アルフレッドが全てを喋ったらしい。シュレンガの栽培地も、禁止薬物の売買にローディ家が協力していたことも……」

「アルフレッドが……」

「オードリュ公爵の悪事に、ローディ家も深く関わっていたらしい。仮にオードリュ公爵が慌てて証拠を隠滅しても、ローディ家に残る証拠で十分追い詰められるはずだ。これで公爵も終わりだろう」

彼の肩にこてんと頭を預けながら、フェリアは小さく頷いた。

アルフレッドがどういう思いで喋ったのかは分からない。ヴィルとの決闘に敗れ諭されたことで反省したのかもしれないし、もしかするとずっと前から、オードリュ公爵に加担するしかない自分を誰かに止めて欲しかったのかもしれない。単に取り調べが厳しく、耐えられなかっただけということもあり得る。

彼のことを考えていると、自然と脳裏には、馬車で連れ去られた時の記憶が蘇ってきた。フェリアの結婚相手が、ヴィルだから無視できなかったのだとアルフレッドは言った。

――もしかして、アルフレッドは……ヴィルに憧れていたのではないかしら。

もしくは羨ましかったのか。

アルフレッドの心のなかにはヴィルに対する羨望のようなものがあり、どうしても無視しがたい存在だったのではないかと思うのだ。

『お前みたいに……お前みたいになあ！　馬鹿みたいに、脳天気に！　毎日走ることだけ考えて生きられる人間ばかりじゃないんだよ！』

吐き捨てるようなアルフレッドの台詞を思い出す。

アルフレッドは弱い人間だ。オードリュ公爵に逆らえず、騎士の誇りを手放した。

実直なまでにまっすぐ生きるヴィルの姿は、彼の目にまぶしく映っていたのではないだろうか。

――だから……どうというわけではないけれど。

それでアルフレッドに同情したりはしない。ただ『罪を償え』というヴィルの言葉が、彼の胸に響いていることを願うだけだ。

「……良かった。それではもう、殿下がお命を狙われることもないのね」

「そうだな、当面の危機は去ったと思う」

ルークはそれを伝えるために、わざわざ早馬で知らせてくれたのだろう。ヴィルがゆっくりと療養できるように。フェリアもほっと息をついた。

王太子の身が安全になるということは、ヴィルもまた危険から遠ざかるということだ。正直、それが一番嬉しい。

「ひと安心だ」

ヴィルが嬉しそうに笑って頷く。彼は心から、王太子の脅威が去ったことだけを喜んでいるのだろう。フェリアは自分の不敬を少しばかり恥じた。

「フェリア」

ねだるように名前を呼ばれ、顔を上げるとキスが落ちてきた。

その、薄く柔らかな唇が触れる感覚を味わう度にほっとしてしまう。ヴィルが無事で本当に良かったと。瞳を閉じ、繰り返される口づけを受け入れているうちに、フェリアの体の芯がじわりと熱を持った。

「待って……ヴィル、傷が……」

「もう大丈夫だ……というか、最初から大丈夫だ。一緒に眠っていて、フェリアを抱けないことのほうがオレには辛《つら》い」

甘い声に胸がきゅっと苦しくなる。

事件以降キス以上のことはしていない。もちろん彼の体が心配だったからだ。

せっかく行為ができるようになった途端のお預けでヴィルは打ちひしがれていたが、愛《いと》しい体温を傍に感じながら寂しい気持ちでいたのは、フェリアも同じだった。

「本当に、無理はしていない？」

「大丈夫だ！」

訊ねるとヴィルはぐっと握り拳を作り、力強く頷いた。

確かに――ヴィルは傷を負った翌日には起き上がり、元気よく歩き回っていた。三日目にはトレーニングを始め、今日の朝は普通に走って勤務に行こうとしていたから慌てて止めた。ルークが手紙で近況を教えてくれなければ、明日には制止するフェリアを抱えてでも王宮へ向かったはずだ。

本人はその調子で元気だから、周囲の気遣いを無用のものと感じるのだろう。

夜の行為だって『傷が治るまではやめておきましょう』とフェリアから言われた後、待てをくらった大型犬のように落ち込み、『治るってあとどのくらいだろうか』と深く考え込んでいた。

かくいうフェリアも、夫を〝普通〟の定義に当て嵌めてはいけないのでは？　という気はしている。二階のバルコニーから飛び下りて無事だったのも冷静に考えるとおかしい。

あの時も後で『本当に骨折とかしていない？』と訊ねたら『小魚をたくさん食べているからな！』と理解しがたいことを言われたものだ。

「それなら……傷に障らない程度に」

小声で答えると、夫の顔がぱっと輝いた。分かりやすい反応に、思わずくすっと笑ってしまう。

二人はベッドに横たわると、キスを交わしながら互いの衣服を脱がしていった。

「あっ……」

我慢できないとばかりに、ヴィルがあらわになった小さな乳首にかぶりついた。口のなかでそこを転がされると、その部分はあっという間に硬くなり、より敏感になってフェリアの全身を痺れさせた。

「あ、や……っ」

反対の乳房も手や舌で散々虐《いじ》められているうちに、気がつけばフェリアは生まれたままの姿になっていた。ヴィルもまた、下穿きだけという格好だ。フェリアはドキドキしながら両手を伸ばし、薄い布ごしに夫の熱情に触れた。ああ、とても熱い。

初めてこれを受け入れたのが遠い昔のように感じる。また彼と抱き合えることが心から嬉しかった。

「フェリア……」

夫の指が、フェリアの秘裂をなぞった。節くれ立った長い指が、泥濘のなかへと入ってくる。

大丈夫、痛みはないし、背筋がぞくぞくと震えるほど気持ちがよい。腰を浮かせて快感を訴えると、長い指が膣のなかで動き始めた。ゆっくりと、優しく。褐色の瞳は飢えた獣のようにギラつき、息も荒々しいというのに、フェリアに触れる部分はいじらしいほど優しいのだ。

指でなかを広げられ、抽挿され、濡れた音が響く。フェリアが少し慣れたと思えば指を増やし、ヴィルはゆっくりと時間をかけ妻の体をほぐしていった。

「は、あ……も、ヴィル」

「うん」

求める声に応えて、ヴィルはフェリアの体に覆い被さった。肌が擦れ合い、互いの期待が膨らんでいくのが分かる。夫の情熱的な瞳にうっとりと足を開こうとして――フェリアははっと我に返った。

「待って、ヴィル！　……今日は、私がするわ」

「フェリアが……？」

なんのことかと、ヴィルが首を傾げる。

全く意図が伝わっていない様子だ。

フェリアはぐいぐいと、両手でヴィルの胸を押し返した。

「ヴィル、お願い。ベッドに仰向けで寝転んで？」

夜だし……こんな時だし……、せっかくなので上目遣いでお願いしてみる。甘い声で、ねだるように言うと、ヴィルはすさまじい勢いで背後に倒れ込んだ。

「ヴィル！」

馬にでも突き飛ばされたような勢いに、ミシッとベッドの木材が軋《きし》んだ。慌ててベッドの脚を覗き込むが折れてはいない。

「す、すまない……フェリアのお願いが、可愛すぎました」

「そ、そう……ごめんなさい、これからは気をつけるわ」

真っ赤な顔でヴィルが声を震わせた。さらに「オレは幸せだ」「フェリアが可愛い」と鼻もすすっている。フェリアはこほんと一つ咳払いをしてから、気を取り直し、いそいそとヴィルの下穿きを下ろした。真っ先に目に飛び込んできたのは、腹に巻かれた包帯だった。

「ヴィル……本当にごめんなさい」

「フェリアが謝ることはないと、何度も言ったはずだ」

「そうだけど……」

項垂れるフェリアの頭を、大きな手が撫でる。

フェリアは、目元に浮かんだ涙を指で拭いながら頷いた。

「フェリアは何も悪くはない。ただ……今度から、どんなこともまずオレのことを頼ってくれると嬉しい」

求められて、彼にキスをする。それからヴィルの下穿きを脱がせきると、膝立ちになってその股の上に座った。

「……じっとしてて、今日は私が動くから」

すでに勃《た》ち上がって反り返る夫の上に、ゆっくりと腰を落としていく。

「っ、フェリア……そんなことをしなくとも」

「お願い……私がしたいの。今日は、私に任せて？」

目尻を赤く染めながら訴えると、ヴィルは赤い顔のまま大きく頷いた。

「あっ、待って……そんないきなり大きくしたら……っ」

「い、いや……しかし、この格好は眺めが良すぎて……オレは」

膣のなかに呑み込んだ雄茎が急に質量を増す。フェリアははくはくと息をしながら、さらに深く腰を落としていった。傷に触れぬよう両手を後ろについて、のけぞるように少しずつ。

「はあ、あっ……あ、も、大きっ……」

ごくりと生唾を飲む音が聞こえた。呑み込んでいるモノがさらに大きく膨らんで、息が苦しい。反り返った部分がフェリアの悦《よ》い場所をかすめていく。気持ちがよいのと、お腹のなかがいっぱいで苦しいのとで、頭がぼうっとする。菫色の瞳から、ぽろぽろと生理的な涙が零れた。

「っこれでぜ、んぶ……、ぁあっ、待って……動かないで……！　今日は……あ、わたしが……」

なんとか全てをおさめた瞬間、待ってましたとばかりにヴィルが腰を突き上げた。

それを「だめ、だめっ」と首を横に振って止めてから、フェリアは前後に腰を揺らし始めた。

まだ硬い媚肉が夫のもので広がっていく。彼を包む場所が熱くて堪らない。

「はあ、あ……気持ちいい？　ヴィル……」

ヴィルは真っ赤な顔で歯を食いしばるようにしながら頷いた。とても嬉しい。大好きな夫にもっと気持ちよくなって欲しい。その一心で、フェリアは頑張って腰を上下に動かし始めた。硬く熱い肉杭を少し抜いては、腰を落とし、また少し抜いては、腰を落とす。

ぱちゅん、ぱちゅんという淫靡な音が二人の寝室に響いた。

「気持ちいい……気持ちいいが……、フェリア……た、頼みが……」

たゆんと揺れる乳房を凝視しながら、ヴィルが苦しげに言った。

「はあ……あ、なに……？」

「きょ、許可が欲しい……」

「きょか？」

「う、動いてよいと……」

フェリアは「あんっ」と甘い声を漏らしながら考えた。

だけど頭はもうほとんど使い物にならない。すごく気持ちよくて、体が熱いのに、決定的な快感には遠く届かずじれったい。夫を呑み込むところが疼いてどうにかなりそうだった。

――いいのかしら……。

ヴィルは怪我をしているのに……無理をさせたくないのに。

だけど物足りない。ヴィルにもっと奥をがんがんってして欲しい。

「……ん、で、では……っあ、ヴィルの……、傷にさわらない、ていどに」

その言い方が悪かった。

舌っ足らずなフェリアの返事に、ヴィルはぱっと顔を輝かせて「分かった！」と頷いた。そしてフェリアの細い腰をがっと両手で掴むと、激しく突き上げ始める。

「あ、あっ、ああ、まって……まって……ぁあ！」

ヴィルは自分の怪我を「もう大丈夫！」と思っているのだから、ああいう言い方をしたら、それは当然こうなる。どうにか訂正したいが、突き上げる動きがあまりに激しくて言葉にできない。何より気持ちよすぎる。自分で動いているだけでは得られなかった快感に、焦れていた体が悦んで、両目から涙が零れた。

「ん、あっ……ああ……！」

がくがくと頭が震えて歯が鳴る。目の前が真っ白になるほど気持ちがよい。彼を受け入れる場所から愛蜜が止めどなく溢れている。

気がつけば、彼を止めなくてはと思っていたことも忘れ、フェリアは波打つ黄金色の髪を振り乱してあえいでいた。

ヴィルが体を起こし、フェリアの顎を摑んでキスをする。奥を貫かれながら口内を蹂躙《じゅうりん》され、いよいよ何も考えられなくなってしまう。

「フェリア……ッ、フェリア……」

情熱的に妻の名前を繰り返しながら、ヴィルはフェリアの体をベッドへ押し倒した。

口づけを繰り返し、汗だくになって抱き合い、腰を揺らして快感を分け合う。フェリアも必死になって彼の体に足を絡めた。もっと、何度でも、この体の奥を暴いて欲しい。彼の欲望で貫いて欲しい。その場所はヴィルだけのもの。フェリアの全てを、この愛しい人に隅々まで味わって欲しかった。

「ああ……フェリア、愛している……君を……！」

「わ、たしも……、ヴィル……あっ、わたしも……愛してるわ……！」

激しい律動に、フェリアは絶頂へ達した。体のなかで快楽の粒が弾け、全身が痙攣《けいれん》する。その瞬間、ヴィルもまた最奥へ欲望を解き放ったのだった。


それから半年ほど、国の内政は混乱を極めた。

まずオードリュ公爵が禁止薬物の製造・販売に関わっていたことが明らかとなって捕らえられた。犯罪に手を貸していたローディ家の当主や長男も投獄。アルフレッドや、彼に協力した騎士らはもちろん、近衛騎士団の団長も王太子暗殺未遂への関与が明らかとなり、任を解かれて牢へと放り込まれた。

それらの出来事とほぼ時を同じくして国王が崩御したものだから、国内はもはや大混乱となった。ルークは、彼自身が若いこともあって即位に諸々の意見があることを知っていた。そのため、国内の混乱に乗じてちゃっかりと即位を果たしたのだった。

「殿下……いえ、陛下には感謝しているわ。姉のような被害者のために、療養院を造って面倒を見てくださることになったの」

フェリアは、マーリィに会いに街外れにある教会に来ていた。

建物の外を並んで歩くマーリィは修道服を纏っていて、表情も以前と違って晴れ晴れとしている。例の事件の後、捕らえられたマーリィもまたルークに全て話したらしい。それまで彼女は王太子一派のことも信頼していなかったようで、オードリュ公爵に嫌疑がかかったきっかけの薬の取引を記録した密書を一度届けた他は、自分のことは何も明かしていなかったのだという。

話を聞いたルークは、シュレンガの薬物被害の実態に心を痛め、国で治療や療養の面倒を見ることを決めたのだ。

「薬害による後遺症の治療技術が進んでいる国もあって、そこでは社会復帰できる人が増えてきているのですって。陛下は諸国から知識を持つ医者を招いてくださると言っていたわ。きっと姉さんも良くなるはず……他の被害者も……」

「そう、本当に良かった」

「なによ、人ごとみたいに。あなたが陛下に進言してくれたのでしょう?」

マーリィが足を止め、薄緑色の瞳をこちらへ向けた。

「療養院の設立は、ヴィル・ハーバー近衛騎士団長が、自分がもらう褒美の代わりに陛下に頼んだものだと聞いているわ。彼にそんなことが考えつくとは思えないもの。あなたが言ったに決まっている」

フェリアもまた立ち止まり、何と答えるべきか迷って目を細めた。

ルークの即位後すぐ、ヴィルは近衛騎士団の団長に任じられた。

アルフレッドを捕らえたことと、ルークの命を二度にわたって救った功績が認められたのだ。ちなみに〝二度目〟というのはパーティーで侵入者を踏み潰したことで、ヴィルは『いやいや、あれは』と遠慮をしていたが、ルークは『ヴィルのおかげには違いない』と言って功績に含めてくれたのである。

また、そこでヴィルは、ルークから『これまでの働きの褒美を与えたいが何がよいか』と打診された。それに『妻のもっとも喜ぶものを』とヴィルが答えたことで、褒美の選択権が自分に転がり込んできたのだった。

フェリアはヴィルと相談の上、確かに『褒美は、オードリュ公爵の被害者の治療に充てて欲しい』と望んだ。マーリィの姉の話を聞いた後、自分でも色々と調べ、ずっと心に引っかかっていたからだ。

だがそもそも〝ヴィルの功績〟への褒美であって、フェリアが何か努力したわけではなく、自分たちが余計なことを言わずともルークは療養院を設立するつもりだったと聞いた。

フェリアが自分の手柄のように言うのは、何もかも筋違いだ。

「私は何もしていないわ」

短く答えると、マーリィは「あなたはそういう人よね」と視線を落とした。

それから、彼女が片手に持っていた大きめの封筒をフェリアに差し出した。今日フェリアは、マーリィにここへ呼び出された。用件は何かと思っていたが、きっとこの封筒に答えがあるのだろう。

「小説を書いたの。前の小説の続刊じゃないわよ、あれは取りやめてもらうようにお願いしたから」

「じゃあ、これは?」

「……一度読んでもらえる? あなたの許可がもらえたら、出版してもらうように頼むつもりなの」

フェリアは首を傾げながら頷いた。受け取ってみると、かなりの分厚さがある。すぐに読み切るのは無理そうだから、帰ってからでいいのだろう。

「マーリィさん、あなたはこれからどうするの？」

ふと、気になっていたことを訊ねた。

彼女が子爵との養子縁組を切り、貴族でなくなったことは聞いている。

だがいま教会にいることは知らなかったし、修道服を着ているのも正直驚いた。

「私は、療養院で修道女として奉仕させてもらうことにしたの。修道院でお務めするわけではないから、正しくは修道女と呼べないのかもしれないけど……いまはここで研修中よ」

「そうだったの……」

「修道女になっても小説は書けるみたいだから、本は書き続けていくつもり」

それを聞いてフェリアは微笑んだ。彼女のことは、やはり嫌いになれない。もちろんマーリィにされたことを許したわけではない。ただ姉のために必死に戦ったことはすごいと思っているし、がむしゃらに走り続ける人がフェリアは好きなのだ。

「あなたには……本当に申し訳ないことをしたと、いまは心から思っているわ。謝って許してもらえることではないと分かっているけれど」

マーリィが正面からフェリアを見つめ、頭を下げた。

「これまで本当に……申し訳ありませんでした」

真摯な声だった。だが、まだ彼女にかけられる言葉は自分のなかにない。

ただ言葉の代わりに、フェリアはそっと彼女の細い体を抱きしめたのだった。

それから、さらに半年後。

フェリアはヴィルと結婚式を挙げた。

王都の大教会で、それは華々しく。列席者は両家の親族や友人と、そうそうたる貴族の顔ぶれに、近衛騎士団の面々。さらにハーバー家やカーデイン領の使用人も参列が許され、とにかく賑やかなものとなった。

フェリアが纏ったのは、華やかな純白の婚礼ドレスだ。サリーと一緒に楽しく相談しながら仕立てたもので、ヴィルに着て見せるのがずっと楽しみだった。

袖やデコルテは精巧な花柄のレースで誂《あつら》え、長い裾は美しい光沢を帯びている。

耳飾りと、首元を飾るネックレスにはダイヤモンドが惜しみなく散らされていて、まるで王族にでも嫁ぐような豪華さだ。これらの装飾品は、ルークが婚礼祝いとして個人的に贈ってくれたものである。

「すごいわ、世界中を探したってこんなに美しい花嫁はいないわよ」

サリーはうっとりと呟き、父クラウスもフェリアの姿を見て感極まった様子で、「本当に良かった」と泣いてくれた。

祭壇の前に立つヴィルのもとへ向かう時には、彼は真っ赤な顔をして、歩いてくるフェリアに釘付けになっていた。

もちろん、彼の婚礼衣装も体に〝ぴったり〟と合っている。騎士服をモデルに新しく仕立てた礼服には、金の飾り紐や勲章が飾られ、彼の凛々しさを余すところなく引き出していた。

艶やかな赤髪を後ろに撫でつけ、情熱的な眼差しでフェリアを見つめる彼は、息を忘れるほど素敵だ。

いまの彼を見て、以前のように揶揄する人間は一人もいないだろう。

見た目が精悍で、格好良いだけではない。

ヴィルは若き国王の命を二度にわたって救った英雄で、国家の花形たる近衛騎士団長への出世を果たした偉大な人なのだから。

「フェリア……その、とても綺麗だ！」

「あなたも、とっても素敵！」

誓いの言葉の後、指輪の交換をしながら二人はそう囁き合った。ひっそりと小声のつもりだったけれど、思ったより大きく響いたようで、参列者から微笑ましそうな笑い声が漏れた。

顔を赤くするフェリアを、ヴィルは堪らずといった様子で抱き上げた。それから「フェリア、オレは！　君を！　愛している！」と教会中に響く声で叫び、熱いキスを落としたのだった。


そして、結婚式が終わった後の夕暮れ時。

「フェリア、準備はどうだ？」

「大丈夫！　行きましょう」

二人は元気よく屋敷を出て、夕日に向かって走り始めた。

結婚式を終え、帰ってきたばかりで正直とても疲れているけれど、そういう時ほど自分を鍛えるチャンスなのだ。限界を超越した先にしか得られないものがある。

走るトレーニングも、以前は世間体を気にして朝だけだったが、最近は時間を気にせず行うようにしていた。

人の目を気にしなくなったというのもあるが、近頃はフェリアの他にも走る女性が増えてきたのである。それには、最近流行《はや》っている小説の影響が大きいようだ。

去年流行した恋愛小説の〝悪役令嬢〟がヒロインで、前作では悪役として書かれていた彼女が実は良い人間だったと明かされる。彼女は世間で〝熱血騎士〟と揶揄される男性のもとに嫁ぎ、そこで様々なロマンスを体験するのだ。例えばヒーローは舞踏会で二階のバルコニーから飛び下りたり、攫われたヒロインのために走って馬車を追いかけたりする。

小説のタイトルは『悪役令嬢、熱血騎士に嫁ぐ。』。

その熱血気味なロマンスは前作をしのぐ人気となり、ついでに〝悪役令嬢フェリア・カーデイン〟もすっかり市民の人気者となった。

ヒロインが作中で夫と街を走ってトレーニングしていることから、それを真似《まね》て走る女性が増えているというわけだ。

――さすが、ネタ帳をいつでも持ち歩いているだけあるわね。

笑みを浮かべた瞬間、フェリアはつい足下をおろそかにしてしまい、道のくぼみに足を引っかけてしまった。つんのめるフェリアの体を、隣を走るヴィルが支える。

「大丈夫か？」

大好きな夫に顔を覗き込まれ、満面の笑みを浮かべて「ええ」と頷く。するとヴィルも嬉しそうに笑って、フェリアの体を抱き上げた。

あたたかな茜色の空に、夫の赤い髪はよく映える。目も眩《くら》むような琥珀色の日差しを浴びるヴィルに、フェリアは抱きついた。

「ヴィル、大好きよ」

「オレもだ、オレも……君が大好きだ、愛している！」

大きな夕日を背に二人は微笑み合い、どちらからともなく口づけを交わした。

あとがき

　このたびは拙作をお手に取っていただき、誠にありがとうございます。浅見《あさみ》と申します。

『悪役令嬢、熱血騎士に嫁ぐ。』はムーンライトノベルズさまで連載していたお話です。前作『ローゼの結婚』に続きフェアリーキスさまから書籍化していただけることになりました！　感無量です！　応援してくださった皆様に心から感謝しております。ありがとうございます。

　今作は悪役令嬢の汚名を着せられたヒロインと、世間から『熱血騎士』と揶揄されるヒーローのラブコメディです。

　クールなヒーローも素敵だし、大好きだけど！　暑苦しいくらいのヒーローも大好きなんだ！　というパッションをぶつけたくて書き始めた作品でした。

　フェリアもヴィルも大好きな二人ですので、こうして書籍として形にしていただけることとなり、とても嬉しいです。

　今回もウェブ版からは色々と加筆修正し、エピソードも大きく二つほど追加しております。エピソードはウェブ版の心残りになっていたところで、担当さまにご相談したところ「書籍版で入れましょう！」と快くお返事いただきました！　特に中盤の広場でヴィルが叫ぶシーンはとても書きたかったので、満足というのか、書くことができてほっとしています。

今作も担当さまには本当にたくさん、親身になってアドバイスをいただきました。

自分なりに納得がいくまで改稿もさせていただき、どーん！　と胸を張ってお届けできる作品になったと思います。初めて読まれる方はもちろん、ウェブ版を読んでくださっていた方にも楽しんでいただけていたら良いな！　と、祈るような気持ちでおります。

イラストは笹原《ささはら》亜美《あみ》先生が担当してくださいました。

笹原先生の愛らしく、繊細なタッチでフェリアとヴィルを描いていただき、キャラデザを拝見した時からずっと感動しっぱなしです。フェリアの愛らしさにうっとりし、ヴィルのイケメンっぷりに「おおおお……」と声が漏れました。幸せです！　本当にありがとうございます！

また一緒に作品を作り上げてくださった担当さまにも、心から感謝を。私一人では決してこの作品の完成に辿り着くことはできませんでした。ありがとうございます。

そしてこの本を手に取り、最後まで読んでくださった読者の皆さま。本当に、本当にありがとうございます！

またどこかでお会いできれば幸いです。

浅見

Jパブリッシング　https://www.j-publishing.co.jp/fairykiss/　定価：1430円（税込）

Jパブリッシング　https://www.j-publishing.co.jp/fairykiss/　定価：1430円（税込）

Wataru Kaduki
香月 航
Illustration
双葉はづき
チート主人公は悪役令嬢様のプロ侍女に徹します
乙女ゲームの主人公は
悪役令嬢至上主義!?
フェアリーキス
NOW ON SALE
乙女ゲームの主人公に転生したエスター。しかし、同じ転生者の悪役令嬢ブリジットを幸せにしたい！　と、ゲーム完全無視で彼女の侍女になってしまう。サブキャラ幼馴染の護衛ヴィンスを巻き込み、主人公チートも駆使してお嬢様至上主義を貫くエスター。ブリジットも負けじとエスターを攻略キャラとくっつけようと画策するも、華麗にスルー。でも――「俺の関心ごとは、十六年前からお前だけだぞ」ヴィンスに設定破りな想いをぶつけられて!?
フェアリーキス
ピュア
fairy kiss
Jパブリッシング　https://www.j-publishing.co.jp/fairykiss/　定価：1430円（税込）

コミカライズ
大好評連載中！
残り物には福がある。
There is luck in the last helping.
Produced by Sora Hinata
Sora Hinata 日向そら
Illustration 椎名咲月
1〜5
愛しの旦那様との子供に
特殊能力が発現！？
フェアリーキス
NOW ON SALE
かつて旦那様が領主を務めていた辺境の地へ、愛する旦那様と息子エリオットの３人で訪れたナコ。領民たちは若返った旦那様の絶世の美丈夫ぶりに大興奮。旦那様を熱狂的に崇拝する強火同担拒否勢もいて「旦那様にはわたしだけ！　異論は認めん！」と警戒態勢に。しかしそんな矢先、エリオットに特殊能力が発現！　緊張が走る中、その扱いをめぐってナコは初めて旦那様と喧嘩をしてしまう。神子の特殊能力がまたしても二人に大騒動をもたらす！？
フェアリーキス
ピンク
F fairy kiss
Ｊパブリッシング　https://www.j-publishing.co.jp/fairykiss/　定価：1430円（税込）

悪役令嬢、熱血騎士に嫁ぐ。

著者　浅見　　© ASAMI

2023年7月5日　初版発行

発行人　藤居幸嗣

発行所　株式会社 J パブリッシング
〒102-0073　東京都千代田区九段北3-2-5 5F
TEL 03-3288-7907　FAX 03-3288-7880

製版　サンシン企画

印刷所　中央精版印刷株式会社

定価はカバーに表示してあります。

万一、乱丁・落丁本がございましたら小社までお送り下さい。

本書のコピー、スキャン、デジタル化等の無断複製は著作権法上の例外を除き禁じられています。

ISBN:978-4-86669-584-6
Printed in JAPAN